JN093298

固有名詞の短歌 コレクション1000

日本短歌総研 編著

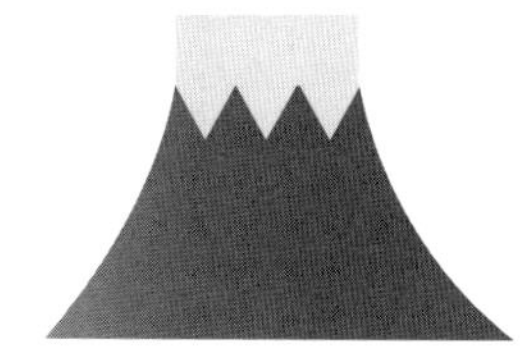

はじめに　本書の特色

単に山という表現が、たとえば立山という固有名詞に転じたとき、単に坂という言葉が道玄坂という固有名詞で提示されたとき、あたかもモノクロームが色彩を帯びたような変化が現れるでしょう。固有名詞という翼を歌が得た瞬間に明らかな飛翔が始まり、その短歌は躍動します。認識の位相が変わり、鑑賞も深まります。

私たちの先人や現代人が、見えるものに固有の名を与え、親しみ、生活の一部に位置づけてきたのですから、それらを通じて読者の意識が目覚め、感覚が背伸びをするのは当然です。

固有名詞を、あらためて短歌のツールとして捉え直しますと、古来、多くの歌人たちがいかにさまざまに取り組んできたかがさらに興味深く見えてきます。歌人の眼に映った対象が生き生きとしたエピソードとして微笑みかけてきます。

そんな観点から、古今東西の歌を五人の実作者が探索し、収集し、吟味して編集に当りました。自然の観察はもとより、史蹟に寄せる追懐、社会や古今の文化流行との接触、それらに携わった多くの人々、また、それらに伴う感興をさぐりました。ここにある短歌は、ひとりひとりの歌人の関心や信条の反映であり、日常への愛着であり、追究している真善美の片鱗であるといえます。
僅々一〇〇〇首の厳選という課題には自ら定めたとはいえ大いに心を悩ませました。漏れや偏りを最小限にするように、万葉から現代のＳＮＳに弾む歌まで、さまざまな文化の枝葉を手に取って眺めました。いわゆる歌人の作にとどまらず、広く社会に生きる人々の歌も取り込みました。作者の感性が対象をとらえ、愛着を以て我が歌に引き込む過程に思いを馳せながら鑑賞していただきたいものです。
本書の配列は、まず、身近な周囲すなわち社会を構成する固有名詞を眺め、ついで、文化的事物・事象を凝視し、それを生み出し支えている人々に思いを馳せ、さいごに全てを取り巻く自然という順に固有名詞を見ていただけるように整えました。
固有名詞は作者の関心の方向が実に多岐さまざまであるので、随所にヒント・解説を加えて平素疎遠である分野への便宜を図りました。短文のため言い尽くせていない憾みもありますが、ここは諸賢のご判読にお委ねしたいと思います。
ざくざくぞろぞろ語群はページからあふれ出ています。そのひとつひとつが、人々のそのときそのときの人生の息吹であり、生活時間の半券だといえましょう。是非、座右に置かれて折々、鑑賞や実作の友としておつきあいただければ幸甚であります。

日本短歌総研　主幹　依田仁美

目次

社会

空港・駅・港

〈セントレア〉甘美なひびき！　につぽんの
まんまんなかに立てる君なり
小佐野　彈
『メタリック』

柳葉は揺れつつ迎ふ少年とダ・ヴィンチ空港
に降り立ちしかば
春日井　建
『青葦』

＊

蛍田てふ駅に降りたち一分の間（かん）にみたざる虹
とあひたり
小中　英之
『翼鏡』

富良野駅構内石炭貨車のうえの風にひそかに
雪虫舞えり
村野　幸紀
『変奏曲』

ワイン樽ホームに積まれ夕暮れの塩尻駅に待
たれてありぬ
永田　和宏
『置行堀』

「セントレア」英語で「中部地方」〝central〟と「空港」〝airport〟を組み合わせた造語。中部国際空港の愛称。

「レオナルド・ダ・ヴィンチ国際空港」ローマの南西のフィウミチーノ市にある国際空港。

「蛍田駅」神奈川県小田原市蓮正寺にある、小田急電鉄小田原線の駅。

磐越線上戸の駅の防雪林下ゆく水に蝌蚪は生れ居き　大島 史洋『炎樹』

前沢の駅に降りれば目に迫るソメヰヨシノの白の一山　佐藤 通雅『連灯』

小海線三岡駅のかたはらに白きなづなの花ゆれてをり　原田 千万『嬬恋』

そのときは土合駅で登るから第三ハングに友の影さす　二方 久文『みめいしす』

三咲・二和・初富・五香の駅名に北総台地の開拓しのぶ　内野 光子『野にかかる橋』

〈実籾（みもみ）〉とふ駅も初めて通過して誰も居なくなりし夫の実家へ　王 紅花『窓を打つ蝶』

「前沢駅」岩手県奥州市前沢字三日町浦にある、ＪＲ東日本東北本線の駅。

「土合（どあい）駅」上越線、谷川岳麓の駅。ホームが深く「日本一のモグラ駅」と呼ばれる。「第三ハング」は三番目の最後の難所。

明治の後期に北総台地に開拓が始まり、同時に新たな地名が付けられた。入植順に「初富（はつとみ）」「二和（ふたわ）」「三咲（みさき）」以下「豊四季（とよしき）」「五香（ごこう）」など。作中の駅はすべて新京成線の駅名。

鶴川の次が柿生であるように不惑がじわり近づいてくる

中沢　直人
『極圏の光』

ようやくにこの地になじみ風になじみ渋沢駅の変わりゆく見ゆ

長友　くに
『四十八瀬の岸辺に』

来る去るの差異はともあれかくもあれ東京駅は人生の門

春日真木子
『水の夢』

東京駅地下ホーム午後十時過ぎ線路上なるねずみの背中

久我田鶴子
『ものがたりせよ』

新宿駅西口コインロッカーの中のひとつは海の音する

山田富士郎
『アビー・ロードを夢みて』

新宿の一番ホームの南端で会おう　海まで五十九キロ

藤島　秀憲
『ミステリー』

鶴川駅と柿生駅は小田急線で隣り合っている。

王子駅のホームから見る　手をあげてるみたいな「北区役所」という文字
永井　祐
『広い世界と2や8や7』

ああ夕べ自由ヶ丘駅構内の蕎麦すする靈のゆくすゑゆゆし
仙波　龍英
『わたしは可愛い三月兎』

大相撲のハネたる時刻か人多く両国駅へ一様にゆく
山本　雪子
『アートフラワー』

着きし汽車いくばくもなく発ちゆけり瀬音のとどく北堀之内駅
杜澤光一郎
『青の時代』

＊

海苔、浅蜊、外来種の貝ホンビノス行徳漁港むかしのままに
大森　浄子
『近景』

トラックの黄の空車群さながらに雨浴びいたり竹芝埠頭
石田比呂志
『怨歌集』

「行徳漁港」千葉県市川市の南部の地、東京湾に面した護岸があり、ハゼやカレイ、アナゴなどの釣り場でもある。

「竹芝埠頭」東京港の旅客ターミナルの一つ。

神戸港のただにまぶしき一日(ひとひ)なりサントス行きの船待つ埠頭

佐藤モニカ

『白亜紀の風』

「サントス」ブラジルのサンパウロ州にある港湾都市。

道・坂・峠・橋／路線

孔雀青(ピーコックブルー)の傘が空をとぶ夏のあらしの青山通り

小島ゆかり

『雪麻呂』

環七にならぶ信号むこうから青、青、青、青、おしよせている

中島　裕介

『polylyricism』

水無月の鎌倉街道夏椿　たつたいちにち咲く花に遭ふ

蒔田さくら子

『鱗翅目』

千葉街道さつきの空の隈なきへ人の形はけむりとなれり

三井　ゆき

『空に水音』

やごとなき糸毛の車しらねども朱雀大路を今もゆく秋

九條　武子
『歌集と無憂華』

白虎歯科白虎ファミリークリニック白虎通りの花水木紅し

吉田　恵子
『常盤線特急ひたち』

遠慮がちに脚を濡らして首都高は川の真中を歩みゆくなり

石川　美南
『架空線』

つなぎ目をごとごとごととゆく首都高速道路遺跡の如く続けり

高山　邦男
『インソムニア』

＊

箱根路をわが越えくれば伊豆の海や沖の小島に波のよるみゆ

源　実朝
『金槐和歌集』

信濃路（しなのぢ）はいつ春にならん夕づく日入りてしまらく黄なる空のいろ

島木　赤彦
『柹蔭集』

「白虎通り」福島県会津若松市内の通りの愛称。

たとひ世のすべてに代へても信濃路の春は捨
てじと語る君かな

加藤　周一
評伝より

追分(おひわけ)の石じるし立つところより中山道(なかせんだう)の方(かた)に
入り来つ

柴生田　稔
『春山』

中山道夕べ連なるマンションの灯りを銀河と
呼びて久しき

荻本　清子
『冬蝶記』

あさまだき伯耆路(はうきぢ)行けばやせ馬の痩(や)せしひた
ひに秋風の吹く

尾上　柴舟
『叙景詩』

雁わたる旅の飛騨路(ひだぢ)の逆樅汝(さかさもみなれ)のみの秋とい
はば否まん

岸田　典子
「饗」

＊

いろは坂のヘアピンカーブにはみ出しし心を
ひろふわたしを拾ふ

竹内　由枝
『桃の坂』

きりたんぽ喰わせる店に行くまでの神楽の坂は艶めきの坂
小笠原信之『セ・ラヴィ』

団子坂の冬の没日(いりひ)は焼けのこる鷗外の像にいま荘厳す
木俣　修『冬暦』

団子坂上りゆく風寒き街観潮楼の在りしあと訪ふ
木下　孝一『竹群靡く』

休息は大きな窓の雨景色団子坂道途上のカフェ
針谷　哲純『抒情青橋』

肩組んで酔って歩けば青春の　道玄坂よ貧しき日々よ
福島　泰樹『百四十字、老いらくの歌』

道玄坂上らむとして覗き見る恋文横丁ありし辺りを
雁部　貞夫『夜祭りのあと』

「神楽の坂」東京都新宿区の「神楽坂」の語調を整えている。「本家あべや」はきりたんぽ鍋で名高い。

「団子坂」東京都文京区千駄木にある谷中・上野方面に通ずる坂。

雨あがりの道玄坂をたらたらと昨日の影をつれて歩めり

江田　浩司
『孤影』

丑年のわがため牛の置物を抱えて父は黄泉平坂（よもつひらさか）

竹村　公作
『制御不能となりてゆきおり』

ほの暗き坂は平津と呼ばれたり　よもつひらさか暮るる十月

桜井　健司
『平津の坂』

＊

なげきありて越ゆる碓氷（うすひ）の峠道（たうげみち）すゝきに寒き冬の雨ふる

太田　水穂
『雲鳥』

飛ぶ雪の碓氷（うすひ）をすぎて昏（くら）みゆくいま紛れなき男のこころ

岡井　隆
『天河庭園集』

生れは甲州鶯宿峠（おうしゅくとうげ）に立っているなんじゃもんじゃの股からですよ

山崎　方代
『右左口』

「黄泉平坂」日本神話において、生者の住む現世と死者の住む他界（黄泉）との境目にあるとされる坂。

「碓氷」碓氷峠は、群馬県安中市と長野県軽井沢町との境にある峠、信濃川水系と利根川水系とを分ける中央分水嶺。

「鶯宿峠」は山梨県笛吹市の境川と芦川町を結ぶ峠道。

たまさかを来し修那羅峠の崩え仏　土俗の神の砂に傾く
名坂八千子『曠野』

踏青の足とどまらず犬とわれとひとつ過ぎたり星越峠
大室ゆらぎ『夏野』

穂すすきの三国峠の風の道いづれも空へ輝きて消ゆ
雅風子『砂時計』

＊

ふくしまを出るたびに、そして帰るたびに松齢橋はわが渡る橋
齋藤芳生『花の渦』

青き橋白き橋ありわが渡る橋は朱の色濃き吾妻橋
小笠原信之『セ・ラヴィ』

勝鬨橋の石のてすりが光るとき西日をあびて歩みつつ居る
佐藤佐太郎『群丘』

「修那羅峠」長野県小県郡青木村田沢と東筑摩郡筑北村坂井の境にある峠、石仏群が有名。

「星越峠」徳島県阿南市と同県海部郡美波町の境界に位置する峠。

「松齢橋」福島県福島市にある道路橋、一級河川阿武隈川に架かる。

「勝鬨橋」東京都中央区にある隅田川に架かる橋。

河口なる豊洲より見る夕景の相生橋は雨に煙りぬ

髙橋　淑子
『うゐ』

擦れ違う言問橋で伽羅の香が白の絣に心摑まる

平石　眞理
『ラクリモーサ』

さみだれのごとき草書の文字「むかし業平橋てふ駅ありけり」と

松野　志保
『われらの狩りの掟』

思ふまま手を振れ橋へ　錦橋を泣き出しさうなわたしが通る

石川　美南
『架空線』

陽は夏陽風は夏風常盤橋　閑(かん)からとしてやたら明るし

依田　仁美
『異端陣』

萬代の橋より夜半の水の面に涙おとしてわが去らむとす

吉野　秀雄
萬代橋・歌碑

「相生橋」隅田川派川にかかる、東京都清澄通りを通す橋。

「錦橋」東京都千代田区の日本橋川に架かる橋。左岸の神田錦町と右岸の大手町を結ぶ。上空は首都高の高架橋に覆われ、下流側にガス専用橋が並行する。

「常盤橋」東京都千代田区大手町と中央区日本橋本石町との間の日本橋川にかかる橋。

「萬代橋」新潟市中央区の信濃川に架かる国道7号の道路橋梁。国の重要文化財。

大阪の八百八橋そのなかの猫橋に来て足音消えた　坪内 稔典『雲の寄る日』

戎橋太左衛門橋あひおひ橋河岸並すがし宗右衛門町　太田 水穂『鷺・鵜』

餘部の鉄橋のうへ列車ゆき涙ぐましき近代なりし　糸川 雅子『ひかりの伽藍』

邪悪なる意志が背中にあるようで西無田橋を渡り来りぬ　阿木津 英『天の鴉片』

八女茶飲み思ひは走る遠き日に妻と渡りし天草五橋　綾部 光芳『青燅』

されど明日へビラいくつもが飛んでゆく佐世保橋をこそ越えゆけよ論　福島 泰樹『男魂歌』

「余部橋梁鉄橋」兵庫県美方郡香美町香住区（旧・城崎郡香住町）余部の、JR西日本山陰本線鎧駅・餘部駅間にある単線鉄道橋。

「西無田橋」熊本市内を流れる木山川に架かる橋。

「天草五橋」熊本県宇土半島先端の三角から、天草諸島の大矢野島、永浦島、池島、前島を経て天草上島までを五つの橋で結ぶ連絡道路。

「佐世保橋」1968年1月に米海軍の原子力空母エンタープライズの寄港に対して寄港阻止反対闘争があった。

＊

江ノ電の窓にまぶしき海ありぬこの収束感は見覚えがある

さいかち真『浅黄恋ふ』

南武線の中で携帯の電源を切ってふんわり呼吸している

永井　祐『広い世界とやや』

進むほどに海に近付いている予感　気仙沼線よりの車窓愉しむ

熊谷　龍子『葉脈の森』

小海線海ノ口まで行つてみる湖水を海と呼びにし人ら

春日いづみ『地球見』

さても南海高野線にはあまがける白鷺　中百舌鳥　百舌鳥（もず）八幡（はちまん）駅

今野　寿美『め・じ・か』

陽を入れて袋のような雲がある日豊本線車窓の桜

吉川　宏志『青蟬』

「小海線」山梨県の小淵沢駅から長野県の小諸駅までを結ぶJR東日本の鉄道路線。清里―野辺山駅間に標高１３７５ｍと全国のJR線で最も標高が高い地点がある。

お出口が左にかわる駒込で山手線を卒業します　斉藤　齋藤
『渡辺のわたし』

人ひとり中央線にねむるたび花の店からあふれだす花　佐藤　弓生
『薄い街』

多摩川を渡る小田急の西の窓はなやかにさびてさびて夕焼け　馬場あき子
「歌壇」

いつもより銀の扉のゆるやかに開く地下鉄日比谷線　朋　千絵
『リリヤン』

三田線は地上に還り読みかけの本を鞄にしまひこみたり　宇田川寛之
『そらみみ』

木場すぎて荒き道路は踏み切りゆく貨物専用線又城東電車　土屋　文明
『山谷集』

大江戸線新宿駅のカタコンベ　リクルートスーツ群れていたりき

松村　威『影の思考』

県境を流れる水の明るさを越え来て都電三ノ輪線停留場

今井　恵子『運ぶ眼、運ばれる眼』

＊

遠出せねば見ることのなき山と海　つと乗り込みぬ特急「かいじ」

春日いづみ『地球見』

海よりの虹は七尾を過ぎしころ特急サンダーバードの窓に

三井　ゆき『池にある石』

貨物船「にらいかない」は遠ざかりほほゑむばかり夕べの波は

黒瀬　珂瀾『ひかりの針がうたふ』

万朶の花どつとこぼして街道を長距離トラック「桜丸」疾く

押切　寛子『シルコンの耳』

「カタコンベ」古代の地下墓所。（オランダ語）

「かいじ」東京駅・新宿駅・甲府駅・竜王駅間を中央本線経由で運行するJR東日本の特別急行列車。

「サンダーバード」JR西日本およびIRいしかわ鉄道が大阪駅―金沢駅・和倉温泉駅間を運行する特別急行列車。

「にらいかない」遥か遠い東（辰巳の方角）の海の彼方、または海の底、地の底にあるとされる異界。ここでは船名。

名所・街角／建物・組織

銀座裏に暗き月みし感傷を病床に想出して又少しねむる
加藤　克巳
『エスプリの花』

下町の箱崎あたり水天宮小伝馬町と吉凶糾う
石本　隆一
『花ひらきゆき季』

傘当てて罵声を浴びることもなき池袋駅前交差点
寒野　紗也
『雲に臥す』

友人でいれば親しきふたりなり神田古書街左手に見て
山田　恵子
『月のじかん』

コーヒーの湯気を狼煙に星びとの西荻窪は荻窪の西
佐藤　弓生
『世界が海におおわれるまで』

初売りのハモニカ横丁のにぎはひにスマホ唸りて友の訃報告ぐ

江國 梓
『桜の庭に猫をあつめて』

平日の幕張メッセの静寂よあしながばちは足ぶらさげて

笹本 碧
『ここはたしかに』

＊

夕闇の千鳥ヶ淵の濠に来てオールは乱す水面（みなも）の桜

加藤 治郎
『海辺のローラーコースター』

「花やしきゆうえんち」古く狭くして遊具おおむね上下に動く

奥村 晃作
『青草』

甲子園で虎を応援するこゑのひとりとなりて今宵は楽し

山科 真白
『鏡像』

忠義とは待ちくたびれることらしくハチ公広場にかたわれの渦

中川 菊司
『じゆうにん』

「ハモニカ横丁」吉祥寺駅近くの飲食店街。店が百軒以上並んでいるその様子がハーモニカのマウスピース部分に似ていることから名付けられた。

「花やしき遊園地」東京都台東区浅草の浅草寺の西側にある遊園地。１８５３年（嘉永六年）開園で、日本最古の遊園地とされる。

葬列のごとく惑星ならびそむ渋谷ハチ公燃ゆる夕べを

仙波　龍英
『わたしは可愛い三月兎』

＊

江戸川の鉄橋手前にいつも見る〈玉三白玉粉〉なる看板

三井　修
『海抱石』

＊

たづさへて妻子も来たり仁丹の広告塔は眼になつかしき

安田　青風
「春鳥」

＊

おおここに高々と「無」が聳えをりグラウンド・ゼロ風吹くばかり

黒瀬　珂瀾
『空庭』

若きらの血と代えん何かあるという天安門広場六月四日

落合　瞳
『海沿いの街』

寄港せる外つ国の人らひしめきぬ広島平和記念資料館

中川佐和子
『夏の天球儀』

「仁丹の広告塔」最初の「仁丹塔」は戦時の金属回収で解体され、1954年に再建された物は凌雲閣を模し側面に「東京名物浅草十二階仁丹広告塔」と記されていた。それも1986年に解体され、今ではビル壁面にプレートが残るのみ。

「天安門広場」北京市の天安門に隣接する広場。1989年6月に民主化を要求する学生・市民を、人民解放軍が実力で排除する「天安門事件」があった。

地球平和監視時計の指し示す投下後2150５日の数字

香野　ゆり『軌跡』

硫黄島いや深みゆく空にらみ帰ろう一機待ちて日は暮る

蜂谷　博史『きけわだつみのこえ』

元旦に（嘘だろう）俺は死んでいた、ひばり荘203号室で

滝口　泰隆『発熱』

＊

ラッセンの絵の質感の夕焼けにイオンモールが同化してゆく

岡野　大嗣『サイレンと犀』

夕照はしづかに展くこの谷のPARCO三基を墓碑となすまで

仙波　龍英『わたしは可愛い三月兎』

刑務所より身を建て直し颯爽と立つ池袋サンシャインシティー

河路　由佳『魔法学校』

「地球平和監視時計」①現在の時刻、②広島への原爆投下からの日数、③最後の核実験日からの日数を三段に表示する。広島の原爆資料館のロビーにある。

「ラッセン」クリスチャン・リース・ラッセン。英国の画家。マリンアートと呼ばれる作風で、特にバブル時代の日本で高い評価を得た。

過去未来つなぐに見えて歩道橋渡りてゆけば〈渋谷ヒカリエ〉
秋山 律子『河を渡って木立の中へ』

＊

スカイツリーと東京タワーをいっぺんに視界におさめて脳をなだめる
永井 祐『広い世界とややと』

月光が東京タワーに集まってラジオの声になるという嘘
藤原龍一郎『夢見る頃を過ぎても』

スカイツリーふりさけみれば起重機の先につるされ出でし月かな
内山 咲一『指物語』

浅草の凌雲閣(りょううんかく)のいただきに／腕組みし日の／長き日記(にき)かな
石川 啄木『一握の砂』

君とゆく河原づたひぞおもしろき都(みやこ)ほてるの灯ともし頃を
吉井 勇『酒(さか)ほがひ』

「渋谷ヒカリエ」渋谷駅東口の東急文化会館跡地に、２０１２年に誕生した高層複合施設。

「凌雲閣」明治時代に東京と大阪に建てられた眺望用の高層建築物。ここは浅草の物。「浅草十二階」と呼ばれ名所だったが関東大震災で半壊、撤去された。

初めての冬を迎へむ無言館雪は十字架(クルス)の型(かたち)つくらむ　橋本　喜典　『一己』

白ばらの丘の英国領事館二階の窓は海に開かる　雅　風子　『砂時計』

ヒアシンスハウスの旗のひるがえる空あり冬の沼をうつして　林　和子　『ヒアシンスハウス』

＊

めぐみ幼稚園ばら組のおいらには呪文だつたぜ〈シュワキマセリ〉は　斎藤　寛　『アルゴン』

同窓会明日香村立中学の蘇我氏藤原氏円卓囲む　松井　純代　『明日香のそよ風』

ＮＨＫ学園を出て国立(くにたち)の桜並木を歌友らと行く　西勝　洋一　『晩秋賦』

「無言館」長野県上田市にある第二次世界大戦で没した画学生の慰霊を掲げて作られた美術館。

「英国領事館」昭和6年に建てられた邸館風建築。現在は横浜開港資料館として再利用されている。

「ヒアシンスハウス」さいたま市別所沼公園内にある、立原道造が構想した画家の週末住宅の夢の継承事業として2004年に建設された。

明日香村にある中学には歴史に名高い名字が並ぶ。

大沼高校体育館が聴いてゐる新入生の九十の名を　本田　一弘『磐梯』

長野県立諏訪青陵高等学校日本一長い校歌の十分三十四秒　室井　忠雄『起き上がり小法師』

＊

よき歴史残れる近江八幡になかんづく「近江兄弟社」の名　丹波　真人『朝涼』

改修は野村証券の好意と記すはるかにバブルの名残燦く　栗明　純生『黄のチューリップ』

三菱重工見学をして午後三時テレホンカードもらって帰る　竹村　公作『制御不能となりてゆきおり』

志、枉げまいとして名を保つ大日本除虫菊株式会社　小笠原和幸『黄昏ビール』

「近江兄弟社」滋賀県近江八幡市に本社をおく医薬品メーカー。軟膏薬「メンターム」で知られる。

「大日本除虫菊株式会社」殺虫剤など衛生薬品の製造・販売をおこなう日本の日用品メーカー、「金鳥」で知られる。

島忠とニトリの株主優待券もらえど近くにどちらもあらず　生沼　義朗『空間』

＊

ラジオ講座聞きおりしわれに深夜の北京放送中国民謡　岸上　大作『意志表示』

自転車に過ぎて直ちに戻り来つ「関東医療少年院」をしかと見んため　関谷　啓子『硝子工房』

ちりあくた舞ふうつしよの昼の鐘帰りなむいざ鷗外文庫　坂井　修一『短歌研究』

〈自由が丘心療内科〉そのやはき百合根のいろの大理石床　小佐野　彈『メタリック』

ものに倦むこころあぐみているわれよ蛇島外科医院前の路上に　阿木津　英『天の鴉片』

「鷗外文庫」東京大学附属図書館に所蔵される森鷗外の蔵書。

中山は実績府中は時計（スピード）勝負と予想屋顔にわれの力説

宮本美津江
『薔薇よりも嘘』

老舗・名店

伊勢丹で買ったばかりの水色のカーディガンにもうシミが付いてる

中島　裕介
『memorabilia/drift』

三越のライオン見つけられなくて悲しいだった　悲しいだった

平岡　直子
『みじかい髪も長い髪も炎』

日本橋木屋の玻璃戸の内側に出刃や菜切が光りて並ぶ

三井　修
『海抱石』

飯岡の町のはずれの街道に雑貨を並ぶ店の柄木屋

岡部桂一郎
『戸塚閑吟集』

生き直したい俺なのか丸善を歩けば医科の文字がまつわる

中沢　直人
『極圏の光』

生き方を一変させる作品がどこかにあるか深夜のＴＳＵＴＡＹＡ

中村　幸一
『あふれるひかり』

文明堂の巨大ステンドグラスにて騎士らいさかう姫をめぐりて

栗明　純生
『はるかな日々』

子供たちみんなが大きなチョコレートケーキにされるサトゥルヌス菓子店

安井　高志
『サトゥルヌス菓子店』

ヨドバシもタカノも今日は嘘つぽく光る　さながら小舟のやうに

小佐野　彈
『メタリック』

タワーレコード渋谷店そのシースルーエレベーターに触るる桑の枝

内山　晶太
『窓、その他』

「サトゥルヌス菓子店」は非在、イメージ上の店。サトゥルヌスは、ローマ神話に登場する農耕神で『我が子を食らうサトゥルヌス』という絵画もある。

梅原鏡店の鏡が閃いておお、大量のわたしが映る
斎藤　芳生『花の渦』

神様を呼ぶ声がする真夜中の金子金物店のシャッター
平岡　直子『みじかい髪も長い髪も炎』

江戸金魚卸商ある金魚坂三百五十年まへの水の音
古谷　智子『ベイビーズ・ブレス』

一ケ月(ひとつき)後通れば洋品店閉ぢてうさぎ専門店「空とぶ兎」に
沢口　芙美『秋の一日』

〈薬〉〈酒〉と大書してあるウエルネスはさながらマッチポンプのごとしも
生沼　義朗『空間』

池袋西口・新宿歌舞伎町Don Quijote(ドンキ)は夜に聳え立つもの
栗原　寛『鏡の私小説』

「金魚坂」文京区本郷にある老舗金魚屋にしてカフェ。金魚すくいもできる。

マルエツのお店は気持ちのいい色でさういへ
ばそんな色増ゆる街

高山　邦男
『インソムニア』

ここにまたセブン‐イレブン開店の幟(のぼり)はた
めく春一番に

武藤　雅治
『鶫』

くれたけの根岸の坂の「笹の雪」豆腐づくし
の極み餡掛(あんかけ)

石本　隆一
『花ひらきゆく季』

電車にて酒店(しゅてん)加六(かろく)に行きしかどそれより後は
泥(どろ)のごとしも

佐藤佐太郎
「歩道」

コロナ禍で消えた無数の灯(ひ)の一つ神保町の飲
屋〈酔(よ)の助(すけ)〉

高野　公彦
『水の自画像』

犀川へ行く路たのし看板のもうもう亭も龍龍(ろんろん)
亭も

加藤　治郎
『昏睡のパラダイス』

さりながら博多のキャバレー月世界に通いしは月給取り駆け出しの頃　千々和久幸「十月」

四文屋のビールの泡のなめらかに短歌談義をした気もするが　富田睦子『風と雲雀』

米久(よねきう)に支店はないが本店の太鼓どどんとわれらを迎ふ　田村元『昼の月』

いま一度春木屋ラーメン食べたきに叶はねば舌に思ひいだせり　徳高博子『ジョットの真青』

九月十二日三十年ローン完済せり伊勢屋にて買ふみたらし団子　経塚朋子『カミツレを摘め』

＊

天崖にわれのことばのたわみゆき銀座琥珀亭の珈琲も冷ゆ　藤田武「環」

「米久本店」明治時代から続いているメニューは牛鍋のみという老舗。

「らんぶる」の天井高くブラームス流れて時のいまだとどまる

古谷　智子
『ベイビーズ・ブレス』

黄金の鬣をもつ恋人とゆこう駿河台古瀬戸珈琲店

五賀　祐子
『NOVA』

春雨、ハモニカ、思案橋横丁を横切りながら行くカフェ笠へ

北辻　一展
『無限遠点』

正月がゆるく気化しはじめてゐる五日薄暮のドトールに寄る

荻原　裕幸
『永遠よりも少し短い日常』

隣席の男女の交わす方言に慰められて〝ドトール〟にいる

吉村実紀恵
『異邦人』

池尻のスターバックスのテラスにひとり・ひとりの小雨決行

斉藤　齋藤
『渡辺のわたし』

燃え残るのは声だからきみの声に顔をひたしてタリーズにいる
大森　静佳『ヘクタール』

「デニーズにようこそ」夜ごと洗われて五月の苺の一億の粒
佐伯　祐子『未完の手紙』

ケンタッキーのフライドチキンを食べたくてならぬ時あり風吹く街に
大崎　瀬都『メロンパン』

ロッテリアどこにあるって聞かれたら九十九年の夏の新宿
鈴木　晴香『心がめあて』

ピザーラが特に好きでもないのだがチラシを捨てる後ろめたさよ
工藤　玲音『水中で口笛』

＊

堀切の線路の横の下り坂ウーバーイーツの自転車がゆく
大辻　隆弘『樟の窓』

「ウーバーイーツ」オンラインフード注文・配達プラットフォーム。

Uber Eatsのひとは漕ぎ去る日本橋雪岱風のよこがほを置き

米川千嘉子
『雪岱が描いた夜』

名品・佳品

エルメスの香水かぶりもぐりこむ夜半のカフェにはゆれるサイダー

井上　法子
『永遠でないほうの火』

執着の証なるべし　つやつやとボッテガ・ヴェネタの編み目うつくし

小佐野　彈
『メタリック』

＊

死なむほど嬉しくカマロぶち切れば秀麗通俗赤富士せまる

島田　修三
『晴朗悲歌集』

僕たちが時間旅行(タイムトラベル)に乗り込んだランボルギーニは風の箱舟

喜多　昭夫
『いとしい一日』

「雪岱」小村雪岱は、大正から昭和初期の日本画家、版画家、挿絵画家、装幀家。雪岱調と呼ばれる版画風の描法で知られる。

「ボッテガ・ヴェネタ」イタリアのヴェネト州で創立されたバッグ・財布類のファッションブランド。ブランド名は「ヴェネトの工房」を意味する。

「カマロ」アメリカ車のシボレー・カマロ。巷説では個性をアピールする人が乗る車。

「ランボルギーニ」アウトモービリ・ランボルギーニは、イタリアの高級スポーツカー。

前をゆくプリウスのリアウインドにほどけて
しまひさうな鯖雲
大辻 隆弘
『樟の窓』

真実を撮らむライカを唯一の武器とし戦場に
斃れしサワダ
結城千賀子
『雨を聴く』

それでは九月　噴水の前でトカレフを返そう
花梨のジュースを飲もう
松野 志保
『モイラの裔』

愛知らぬ ASIMO は走るぬばたまの黒き面(おもて)
に人を映して
長谷川と茂古
『幻月』

キューピーを連れ町を行く複数の淋しき女が
京都にはゐる
牛尾 誠三
『バスを待つ』

日立洗濯機「白い約束」の働きや汚れも汗も
涙もすすぎぬ
島田 修三
『秋隣小曲集』

「サワダ」報道写真家沢田教一、ベトナム戦争取材中に襲撃され死亡。写真集『安全への逃避』がある。

「トカレフ」ソ連の軍用拳銃の一種。

「ASIMO」本田技研工業株式会社が開発した世界初の本格的な二足歩行ロボット。

＊

立葵の揺らぐ風情に結城着て「どうも」と言いてこの世去りたし

大谷真紀子『風のあこがれ』

言い訳が影を落としているうちは三河木綿にもたれておりぬ

大久保春乃『まばたきのあわい』

伊予の国に一度ゆきたし砥部焼（とべやき）の青びかりする振鈴（しんれい）ふたつ

外塚　喬『鳴禽』

志野釉の光をまとふ桷（ずみ）の花枕飯のごとこんもりと咲く

柿本　希久『死と不死』

＊

衝動のままに買ひ二十年使ひをりペリカンスーベレーン五万五千円

大松　達知『ぶどうのことば』

不景気を少なき賞与をかこちつつ三菱ユニで文字を書きをり

大崎　瀬都『メロンパン』

「砥部焼」愛媛県伊予郡砥部町を中心に作られている磁器。白磁、染付、青磁、天目（鉄釉）の4種類が国の伝統工芸品に指定されている。

たどりゆけば春の記憶の果てにあるサクラクレパスとわれの少女期
押切寛子『ジルコンの耳』

＊

とろとろと琥珀(こはく)の清水津の国の銘酒白鶴瓶(はくつるへい)あふれ出(づ)る
若山牧水『海の声』

みちのくの田酒(でんしゅ)のうすき黄を愛でてわれが〈わ〉と〈れ〉にほぐれゆきたり
田村元『昼の月』

千葉の酒「五人娘」は春やよい桃に惹かれてゆく蔵祭り
久々湊盈子『麻裳よし』

ふるさとの銘酒獺祭(だっさい)かたむけて「旨い」とまさに舌ならしけり
栗明純生『はるかな日々』

酒好きの子らのためにと正月は「獺祭」二本奮発をせり
塩入照代『21世紀現代短歌選集』

「獺祭」山口県の山奥にある旭酒造の造る銘柄の名前。

なげけとて丁夜戌夜ゆくバラストのごとく積み込む〈三岳〉お湯割り

大松　達知
『ぶどうのことば』

青山より渋谷に向かう夕映えの後部座席のジャックダニエル

岡部桂一郎
『坂』

一壜のシャトー・ヌフ・デュ・パプ飲みほすに醒めゆくこころ暁(あけ)の明星

藤田　武
「短歌往来」

ジョニー・ウォーカーの黒などちびりやりながら心のすみまで降る雪である

加藤　克巳
『心庭晩夏』

＊

根尾川の味女泥鰌(あぢめどぢやう)を煮つけたる〈ちんちこ煮〉なり酒の摘(つま)みは

外塚　喬
『鳴禽』

次郎富有禅寺丸稔る秋の日の柿の甘さは大地の甘さ

青井　史
『青井史歌集』

「バラスト」船体の安定を保つために搭載する重量物、または鉄道の路盤の上に敷き詰める砕石をいう。ここでは前者。

「ジャックダニエル」アメリカのテネシー州で生産される「テネシーウイスキー」、原料はとうもろこし80％にライ麦、大麦麦芽を使用。

「シャトー・ヌフ・デュ・パプ」フランス産の高級ワイン、「法王の新しい城」という意味。

「根尾川」木曽川水系の一級河川、岐阜県 本巣市を流れる。

行く羽後の辺(アタリ)・辺(ホトリ)に滅法界〈ババヘラアイス〉美味きはあるを

小笠原和幸『黄昏ビール』

真乙女の二本の指の関節の痕くっきりと伊勢の赤福

石井美智子『音叉』

こわれやすい鳩サブレーには微量なる添加物として鳩のたましい

杉﨑　恒夫『パン屋のパンセ』

とりあへず「せとかみかんとマンゴーのパルフェ」を買ひぬ気力なき午後

松尾　祥子『楕円軌道』

番組に夢中になると開く口に差し込んでみるかっぱえびせん

岡本　真帆『水上バス浅草行き』

いつだって二番手が好きで終わりそうそれでもいいか　明治キャラメル

蔵本　瑞恵『風を剖く』

「ババヘラアイス」主に秋田県で販売されているシャーベット状のアイス、名前の由来は、高齢の女性（ババ）が「ヘラ」でアイスを盛り付けてくれることから「ババヘラ」と呼ばる。

なにひとつ変わっていない別世界　あなたにもチェルシーあげたい

穂村　弘『水中翼船炎上中』

寂しいときぼそぼそ食べている箱にビスコの坊やの古びし笑顔

前田　康子『おかえり、いってらっしゃい』

＊

三分のたちたるチキンラーメンに箸をさしても母を思えり

藤島　秀憲『ミステリー』

雪が雪で白を更新する道にペヤングの湯でハートをえがく

木下　龍也『オールアラウンドユー』

屋上でパピコを食べた思い出よまた会う時の目印となれ

笹本　碧『ここはたしかに』

＊

「お～いお茶」のはずが「伊右衛門」出てきたりどちらでもよし自販機なれば

桜井　京子『超高層の憂鬱』

ストローでゾゾゾと吸い上ぐコカ・コーラ
さあ奮い立てうちなるケモノ

斉藤 蒔 「舟」

結果より過程が大事「カルピス」と「冷め
てしまったホットカルピス」

枡野 浩一 『枡野浩一全短歌集』

撲殺は現実であるあかあかとクラフトボスの
ブラックコーヒー

加藤 治郎 『海辺のローラーコースター』

明滅のグジアンドロメダウラガはおいしいエ
チオピアのコーヒー

谷川由里子 『サワーマッシュ』

＊

もう君が来なくったってクリニカは減ってく
ひとりぶんの速度で

岡本 真帆 『水上バス浅草行き』

サランラップの芯を握ったまま歩き頭をひと
つ叩いて捨てる

工藤 玲音 『水中で口笛』

鍵のない郵便受けの上にKURE5-56の缶さびたまま立つ　中島　裕介『polylyricism』

夕暮れに流されそうだティファールの把手を握りしめているのに　鈴木美紀子『風のアンダースタディ』

＊

シャンシャンは苦しみてゐむ日中のはざまにかはいいを演じつづけて　鈴木　良明『光陰』

あどけない顔のままにて茶毘（だび）に付（ふ）す「ねむれよアプリやけどしないで」　せおさえこ『アプリ、ハウス！』

巴御前の愛馬「春風」いつくしき腕（ただむき）からの鞭のひびきや　笹原　玉子『偶然、この官能的な』

＊

川越の鈴木薬局秋雨の胃腸に陀羅尼助丸（ダラニスケ）よろし　服部　崇『新しい生活様式』

「KURE5-56」呉工業製の防錆・潤滑スプレー剤。

「シャンシャン（香香）」上野動物園生まれのパンダ（メス）、2023年2月に中国へ返還された。

「アプリ」愛犬の名前。

「陀羅尼助丸」長い歴史を持つ漢方の胃腸薬。

中将湯はのみしことなしバスクリンは少しなめしことあり　あはは

高瀬　一誌
『火ダルマ』

堀ばたに野いばら白く咲ける見て思ひ出づるよメンタームの香

高野　公彦
『水の自画像』

リポビタンDの空き壜転がれる友の帰りし後のわが部屋

吉野　裕之
『空間和音』

セフカペンピボキシル錠ふんわりと桜色して菌みなごろし

北山あさひ
『崖にて』

咀嚼して与えてしまふママのやう私は君にカロナールをあげる

玉井まり衣
『しろのせいぶつ』

＊

ぴあmap小指でたどる古址名所旧跡ホテルニュージャパン跡

仙波　龍英
『墓地裏の花屋』

「セフカペンピボキシル錠」セフェム系の抗生物質で、細菌の細胞壁の合成を阻害することにより抗菌作用を示す。広い範囲の感染症の治療に用いられる。

「おい止まれ、どこへ行く」「ちと浅草へ」春はあけぼのSuicaは誰何

小池　光
『滴滴集』

カマキリにPASMOを当ててうつくしいカマの閲覧料を支払う

木下　龍也
『オールアラウンドユー』

雨の日は雨の降らないストリートビューを歩いてきみの家まで

岡野　大嗣
『サイレンと犀』

あかねさすGoogle Earthに一切の夜なき世界を巡りて飽かず

光森　裕樹
『鈴を産むひばり』

すいません、聞き取れませんでしたけどSiriはあなたの声が好きです

山田　航
『寂しさでしか殺せない最強のうさぎ』

つぎミクシィつぎツイッターつぎつぎに可憐な闇がわたしを覆ふ

荻原　裕幸
『永遠よりも少し短い日常』

「Suica」ＪＲ東日本が発行するＩＣカード乗車券、その機能はあたかも誰何のよう。

「ストリートビュー」世界のあらゆる場所をインターネット上の映像で疑似的に訪問できるGoogle社のサービス。

「Siri」音声に反応して、場所を検索する、天気を知らせるなど、のタスクをを実行するApple社のアプリ。

いま宇宙船から参加しましたとZOOM画面にわが顔現はる

栗木 京子
『新しき過去』

外つ国とできるのならば黄泉の国ともできたらいいね！　Zoom（ズーム）飲み会

斉藤 光悦
『時のパースペクティブ』

消音のYouTubeずっと流れてるみたいな過去になってしまうの

鈴木 晴香
『心がめあて』

Googleが教えてくれる最短の経路をあみだみたいにすすむ

岡本 真帆
『水上バス浅草行き』

グーグルに検索すれどあらわれぬちちははよわが歌集に眠れ

藤島 秀憲
『ミステリー』

「ZOOM」複数人での同時参加が可能な「ビデオ・web会議アプリケーション」。

文化

国ぐに

日本脱出したし　皇帝ペンギンも皇帝ペンギン飼育係りも

塚本　邦雄

『日本人霊歌』

日本に住み、日本の國のことばもて言ふは危ふし、わが思ふ事

土岐　善麿

『黄昏に』

しきしまの大和の国は言霊の幸(さき)はう国ぞま幸(さき)くありこそ

柿本人麻呂

『万葉集』巻13

ああ皐月(さつき)仏蘭西(フランス)の野は火の色す君も雛罌粟(コクリコ)われも雛罌粟

与謝野晶子

『夏より秋へ』

母の食(じき)ささやかに炊く春暁をノートルダム大聖堂燃え上がりたり

小島ゆかり

『雪麻呂』

「ノートルダム大聖堂」パリ司教座のおかれた教会にあるゴシック様式の代表的聖堂建築。

あるときはモン・サン・ミッシェルのオムレツのほのやはらかき口づけをしつ　國清　辰也『愛州』

バビロンの肝占ひの羊皮紙に心ほろぼすよろこびしるす　山中智恵子『紡錘』

定住の家をもたねば朝に夜にシシリイの薔薇やマジョルカの花　斎藤　史『魚歌』

妻を得てユトレヒトに今は住むといふユトレヒトにも雨降るらむか　大西　民子『風水』

チリの鮭がタイに運ばれ加工されおにぎりとなりコンビニにある　綾部　光芳『青熒』

ぐわんぐわん湧(な)いてゐるのは兄さんかニューギニアまで何とも遠い　藤田　武『潮音』

「バビロン」メソポタミアの古代都市。

湯船ふかくに身をしずめおりこのからだハバ
ロフスクにゆくこともなし

内山　晶太
『窓、その他』

遠き日に聞いたかしれぬサイレンのいまウク
ライナに鳴り響きおり

小谷　博泰
『三千世界を行く船』

合歓よ合歓いく度眠らば夢に見む澄み果つる
まで滅びし百済

米川千嘉子
『たましひに着る服なくて』

パンゲアにいつの日か帰ることあらむとほき
祖鳥も知らぬ悔恨

笹原　玉子
『偶然、この官能的な』

渤海のかなた瀕死の白鳥を呼び出しており電
話口まで

岡井　隆
『土地よ、痛みを負え』

「ハバロフスク」ロシア極東部最大の都市。かつて「日本人強制収容所」があった。

「パンゲア」ペルム紀から三畳紀にかけて存在した大陸。

「渤海」中国北東部にある海域。山東半島と遼東半島に囲まれ、黄海との境に廟島（びょうとう）群島がある。

列島縦断

たぎつ波ましろう白う岩にちる神居古潭のくもれる真昼
九條　武子
『歌集と無憂華』

蝦夷地なる歌棄村（うたすつむら）の日盛りに何嘆きしとひと問うなかれ
村野　幸紀
『変奏曲』

ゴミ袋抱えて非常階段をメイドがくだるススキノ0時
山田　航
『寂しさでしか殺せない最強のうさぎ』

函館の青柳町こそかなしけれ／友の恋歌／矢ぐるまの花
石川　啄木
『一握の砂』

寛・晶子の歌碑のそびらにひろごれる函館の海百重波寄す
本阿弥秀雄
「短歌往来」

「歌棄村」かつて北海道歌棄郡に存在した村、現在は寿都郡寿都町となっている。

かにかくに渋民村は恋しかり／おもひでの山／おもひでの川

石川　啄木
『一握の砂』

盛岡をまるごとくるみこんでゐる（しばれるなつす）雪のショールは

大西久美子
『イーハトーブの数式』

東京は疲れるという子どもらに岩手の母はこっそり嬉しい

小鳥沢雪江
『雨水は過ぎた』

草木染の毛糸あがなひ帰るとき名掛丁（なかけちやう）は風の通り道のやう

佐藤　通雅
『連灯』

白龍となりて朝の靄は生る山に潜める月山池（つきやまいけ）に

佐藤　通雅
『連灯』

錆びたれど町みな鉄の工場にて海山となき釜石の町

小田原漂情
『たえぬおもひに』

「名掛丁」仙台駅近くの繁華街。

「月山池」仙台市にある灌漑補償用・自然景観用の池、正しくは「がっさんいけ」で「つきやまいけ」は通称という。

雪白く覆ふ釜石の町跡に降り立つわれや声一つ出ず
来嶋　靖生
『硯』

女川の原発カレンダーはにちにちの潮の干満時刻が記さる
内野　光子
『野にかかる橋』

崖上の観瀾亭（くわんらんてい）俗に言ふ六角堂幽深（いうしん）に座す絵師のまぼろし
金子　貞雄
『而今の森』

うつくしまなんて福島遠うみのおだてに浮きて御伽の島ぞ
波汐　國芳
『浮島の歌』

珍らかなる渡りの鴫の降りしとう日の本常陸茨城の里
小沼　青心
『野鳥時計』

伊香保風吹く日吹かぬ日ありといへど我（あ）が恋のみし時なかりけり
よみ人しらず
『万葉集』巻14

「観瀾亭」豊臣秀吉の伏見桃山城にあった茶室を伊達政宗が江戸の藩邸に移築、さらに二代藩主忠宗が海路松島に移設したもの。

思川のほとりに乙女といふ地名あることを知る地図を見てゐて

王　紅花
『窓を打つ蝶』

晴れてきた空を反映するように袖ケ浦のナンバープレート

谷川由里子
『サワーマッシュ』

雨あがる鴨川大山千枚田　雲を映して風を捉へて

磯田ひさ子
『ヒヤシンス』

安行（あんぎやう）の庭師が植ゑし黄楊の垣春過ぎて夏枯れつくしたり

大野　誠夫
『行春館雑唱』

那須連山のぞむ小字（こあざ）の関根村関根の名を持つ誰もあらざり

関根　和美
『呂宋（ルソン）へ』

何ゆえにつきし地名か空ひろき血洗島に向日葵は枯る

奥田　亡羊
『花』

「乙女」栃木県小山市内の地区の名称。

「安行」埼玉県川口市の大字。「植木の里」として知られる。

「血洗島」埼玉県深谷市にある大字および地区の名称。

＊

東京は冬が美しと言ひしことゆくりなく思ひ出でてあゆめり
石川不二子『円形花壇』

東京は安全ですって　総理　どこと比べられたかその助詞「は」とは
小沼　青心『野鳥時計』

千代田区に歌を拾ふとゆきしかど道のどこにも歌の落ちゐず
小池　光『山鳩集』

半蔵門の白壁しろし夕ぐれを警手ひとりが立ちつくしつつ
矢代　東村『一隅より』

月見酒下戸と上戸の顔見れば赤坂もあり青山もあり
唐衣　橘洲『若葉集』

いちはやく冬のマントをひきまはし銀座いそげばふる霙（みぞれ）かな
北原　白秋『桐の花』

かたよりて／我が立てる銀座尾張町／かくも、／処女(ヲトメ)は　充ち行きにけり

釈　迢空
『春のことぶれ』

通勤の道筋よりいくばくかはづれゐて築地小劇場跡をしめす碑(いしぶみ)

林田　恒浩
『晩夏をわれに』

築かれし佃・月島・晴海町わが濃きこの血を築きし町よ

鈴木　英子
『水薫る家族』

株券の手触りよろしき七月や兜町吹く風の愛(かな)しさ

桜井　健司
『朝北』

櫛比するビルのはざまに風情あるちさき数寄屋は市丸旧居

丹波　真人
『朝涼』

紅梅の咲く門とこそ聞きて来し根岸の里に人尋ねわびつ

正岡　子規
『竹の里歌』

「銀座尾張町」旧東京市京橋区尾張町、現在の東京都中央区銀座五・六丁目にあたる。かつて尾張藩が市街地を造成したことによる。

吉原の太鼓聞こえて更くる夜にひとり俳句を
分類すわれは
正岡 子規
『竹の里歌』

三月の谷中の路地に咲くはなの白沈丁花の呼
ぶこゑがする
高田 流子
『猫町』

浅草の観音堂を書きしころ命かなしくさまよ
ひしころ
吉井 勇
『鸚鵡石』

台東区浅草一の一の一しばらく会へない友を
囲んで
田村 元
『昼の月』

錦糸町駅南口ひそと建つ伊藤左千夫牧場兼住
居跡の碑
田中 拓也
『東京』

本所には置行堀のあるといふ置いてけとなぜ
叫ばなかつた
永田 和宏
『置行堀』

「浅草一の一の一」神谷バーの所在地。日本最初のバーで電気ブランで有名。

鳩よけて人がゆくのか人よけて鳩が飛ぶのか
上野公園
花山　周子
『屋上の人屋上の鳥』

予後のよきざしのようにほつほつと蓮の花
咲く不忍池に
五十嵐順子
『奇跡の木』

小雨ふる不忍池に行き当たり池おほふ蓮の枯
れ茎眺む
大山　敏夫
『呑・舞』

三四郎池の巡りの木々暗し漱石先生の意中の
ごとく
佐野　督郎
『カナヘビ荘日記』

退社まぎわの数分を待ちわびて浜松町に雨ふ
りやまず
加藤　英彦
『プレシピス』

麻布十番たち至り来て白蝶の鋭きまでの秋の
耀(かがよ)ひ
前川佐重郎
『彗星紀』

「三四郎池」東京大学構内にある池。正式には「育徳園心字池」。夏目漱石の小説『三四郎』がここを舞台としたため「三四郎池」と呼ばれるようになった。

いつそ牛を引いてゆきたし炎天の渋谷スクランブル交差点
小島ゆかり
『雪麻呂』

新宿にまづ嵐あり渋谷へて自由が丘経由洗足池着
仙波　龍英
『墓地裏の花屋』

百人町と宛名を書けばわが便り江戸の通りを飛脚がはこぶ
森　みずえ
『水辺のこゑ』

初期化せよ　けだるき朝の陽をあびて歌舞伎町あまたのはしぶと鴉
加藤　英彦
『プレシピス』

街屋根と小群（こむら）の間（あひ）に赤土の代々木野（よよぎの）みゆる屋上に来ぬ
佐藤佐太郎
「歩道」

サンシャイン水族館の閉館の時よりはやく眠るペンギン
栗原　寛
『Terrarium』

四十年をわが身に積みし時間の嵩おもひつつ行く板橋区前野町

桑原　正紀
『妻へ。千年待たむ』

日本列島胴の部分か江北四丁目ひまわりが咲く

高瀬　一誌
『喝采』

暮れのこる夕空うかべゆつたりと流れる春の六郷の川

西村　陽吉
『晴れた日』

秋来たり喪の服似合ふ街となる三鷹連雀寺多き町

押切　寛子
『ジルコンの耳』

＊

吾が見るは鶴見埋立地の一隅ながらほしいまま
なり機械力専制は

土屋　文明
『山谷集』

風として今日を生きんと蛍田の駅抜けれんげ田の中を行く

武田　素晴
『風に向く』

「江北」東京都足立区の町名。作者の当時の居住地。

多摩川のよき舟つき場登戸に太く残れり一本(いっぽん)柳

馬場あき子「歌壇」

秋の日の三崎のみなと海に向く家家の窓みなひらきたり

片山廣子『野に住みて』

桜木町　馬車道　元町　中華街　どこにおりても　月のある街

角宮悦子『白萩太夫』

朝凪の葉山(はやま)の海が見たくなり途中で降りて欠勤、しない

大松達知『ぶどうのことば』

ケータイをもてあそびデジカメを撫で回す古都鎌倉に来ても歌人は

大山敏夫『呑・舞』

鎌倉へ花変はるごと揺られゆく別れに君に再会(あ)ふ夢みつつ

鈴木英子『水薫る家族』

うき雲ははこねの山にかかりけり今かしぐれむ小田原の里

落合　直文
『萩之家歌集』

箱根宿（はこねじゅく）みどりぞ萌えて明けにしか東の端（はし）にみどり屋銀蔵

藤田　武
「櫓」

ちかき山ゆきはふれゝと常春日あたみのさとにゆけたちわたる

坪内　逍遥
熱海糸川・歌碑

冬の旅が好きでこれから訪ねゆく木下杢太郎館海のすぐそば

秋山　律子
『河を渡って木立の中へ』

腹筋と甲府盆地をかたむけて春の峠のカーブをくだる

浅川　洋
『空洞ノ洞』

青木が原繁き幹立かぎろひて夕日さし入り亂れ照りたり

窪田　空穂
『槻の木』

忍野八海（おしのはっかい）地下にて通ふという噂確かめむと水に入（い）りし人あり
河路　由佳
『魔法学校』

ふるさとの右左口村（うばぐちむら）は骨壺の底にゆられてわがかえる村
山崎　方代
『こおろぎ』

秋ここに塩山（えんざん）ありて死人花あかしくらしとさだめがたしも
小中　英之
『わがからんどりえ』

道造の詩碑より望む軽井沢高原文庫、秋日に翳る
田中　薫
『土星蝕』

北斎を恋ひ来し吾に小布施の雪なべて無名と降るばかりなり
青井　史
『青井史歌集』

魚沼の平に出でてまかがよう雪野よかかる中に育ちき
田井　安曇
『水のほとり』

「忍野八海」富士山からの伏流水に水源を発するといわれる八つの湧水池（湧池・出口池・お釜池・濁池・鏡池・菖蒲池・底抜池・銚子池）で構成されている。

「右左口村」山梨県東八代郡にあった村。現在の甲府市南部、国道358号沿線にある。

「塩山」山梨県中部、甲府盆地北東部と北部の山地を占める旧市。

「魚沼」新潟県中越地方に位置する市。周囲を山に囲まれた盆地で、国内有数の豪雪地帯。

越後のことイチゴと言ひし師を思ひ冬苺食む
上総(かずさ)の苺

高野　公彦
『水の自画像』

何もせず一日暮れるさびしさに能登の七尾は
いま吹雪とぞ

岡部桂一郎
『坂』

珠洲(すず)と呼び名舟(なぶね)といひてそだち来し能登のう
みやましぐれ降りをり

三井　ゆき
『空に水音』

秋の水こぼさぬように呉羽梨(くれはなし)天地無用の箱に
て届く

木曽　陽子
『夏時間の庭』

清水(きよみづ)へ祇園をよぎる桜月夜(さくらづきよ)こよひ逢ふ人み
なうつくしき

与謝野晶子
『みだれ髪』

かにかくに祇園はこひし寝るときも枕の下を
水のながるる

吉井　勇
『酒(さか)ほがひ』

化野(あだしの)の石仏達生存を果しし故にしづまりかへる
植木 正三
『草地』

服を買ったりしながら生きる　ふっくらと三条木屋町はだけどさびしい
阿波野巧也
『ビギナーズラック』

猿澤の池のやなぎの夜の葉の遠きにこゝろみちびきてある
金子 薫園
『金子薫園集』

秋しのや外山のみねの朝霧にうすれて残る有明の月
樋口 一葉
『樋口一葉和歌集』

もみぢする忍坂(おさか)をくだり下(さ)げ美豆良(みづら)揺らして明日香のみやこへ急ぐ
萩岡 良博
『禁野』

汗をかき語り且(か)つ食む君に対(む)きただ頷きぬ道頓堀の夜
栗木 京子
『水惑星』

「秋しの」秋篠、奈良県奈良市にある地名。平城京の北西端にあった西大寺の北側に広がる地域にあたる。

神戸いまはパラレルワールドあの朝のビル傾いた街を思えば

小谷　博泰
『時をとぶ町』

鶯のしき鳴く山のふところに幟立てたる金丸座見ゆ

恩田　英明
『葭莩歌集』

九州島北部に古き大学があり大いなる花を咲かせる

吉野　裕之
『砂丘の魚』

大宰府に来て求めたる鷽替（うそかへ）の鷽もこのごろ鳴かうとはせず

外塚　喬
『鳴禽』

〃青の洞門〃あたり一帯の濁流に禅海和尚の槌音も絶つ

日野　正美
『小徑Ｖ』

骨壺にさくらはなびら散りつづけ母は七滝村へと還る

田中　律子
『森羅』

「金丸座」香川県仲多度郡琴平町の金刀比羅宮門前町にある日本最古の芝居小屋。重要文化財、別名、旧金毘羅大芝居。

「九州島」地質学や考古学などではこの名称も使用される。

「青の洞門」大分県中津市本耶馬渓町にある洞門（隧道、トンネル）。

「七滝村」熊本県の中部、上益城郡にあった村、現在は他村と合併し御船町となっている。

宮崎県児湯郡木城町石河内（いしがはち）濃闇のなかの梨の返り花

伊藤 一彦
『青の風土記』

蟬の声はふぃーわを願ふ叫びだと少女の声は摩文仁（まぶに）にとほる

今 禰子
『月に射されたまま のからだで』

首里のすみれ那覇のすみれとわが見つつ色の違ひを心にとめる

宮本 永子
『雲の歌』

大工町寺町米町仏町老母買ふ町あらずやつばめよ

寺山 修司
『田園に死す』

＊

あをによし奈良の都は咲く花の薫（にほ）ふがごとく今盛りなり

小野 老
『万葉集』巻3

大江山（おほえやま）いく野の道の遠（とほ）ければまだふみもみず天の橋立

小式部内侍
『金葉和歌集』巻9

いにしへの豊芦原のぬかるみも日のあしにこそ道はつきけれ

小簾　菅伎　『狂歌才蔵集』

葛飾の真間の井見れば立ち平し（なら）水汲ましけむ手児名し思ほゆ

高橋虫麻呂　『万葉集』巻9

よき人のよしとよく見てよしと言ひし吉野よく見よよき人よく見

天武天皇　『万葉集』巻1

熟田津に舟乗りせむと月待てば潮もかなひぬ今は漕ぎ出でな

額田王　『万葉集』巻1

分け来つる袖のしづくか鳥部野のなくなく帰る道芝の露

藤原　俊成　『玉葉和歌集』巻17

吹く風を勿来（なこそ）の関と思へども道もせに散る山桜かな

源　義家　『千載和歌集』巻2

「豊芦原」神話において天上界（高天原）に対する地上界（人間世界）として日本列島を指す。芦が生い茂った豊かな国のこと。

「真間」現在の千葉県市川市真間。多くの男に求婚された手児奈が真間で身を投じたという伝説が残っている。

「勿来の関」現在の福島県いわき市にあったといわれている。白河、念珠（ねず）と共に奥州三関の一つ。

瀬戸内の冬日に照りてそよぎゐる明石の蛸や
備後の出平鰈（でべら）
　　　　石井　幸子
　　　　『川端通り』

不来方（こずかた）のお城の草に寝ころびて／空に吸はれ
し／十五の心
　　　　石川　啄木
　　　　『一握の砂』

とりがねのかしまの空に雲ながれ螢の巣とふ
呟（つぶやき）のあり
　　　　江田　浩司
　　　　『孤影』

ここにありて筑紫やいづち白雲のたなびく山
の方（かた）にあるらし
　　　　大伴　旅人
　　　　『万葉集』巻3

塔のうへ星ひとつ出でいかるがは夕べの景に
変りはじめぬ
　　　　志野　暁子
　　　　『つき　みつる』

ほととぎすしき啼く朝を喉越しの清冽なれや
茨城（うまらき）のみづ
　　　　萩岡　良博
　　　　『禁野』

「不来方」現在の岩手県盛岡市の古称。

安房国朝夷郡は私部真鳥納めしあわびのあくび

藤田　武
「櫓」

年經ては吾も名もなき墓とならむ筑紫のはての松の木かげに

柳原　白蓮
『踏絵』

芸術

ペール・ギュントの「朝」訪れよひとつぶの鎮痛剤を飲みて目を閉づ

田中あさひ
『まひまひつぶり』

雨と雨のはざまを縫ひてきこえくるアイネ・クライネ・ナハト・ムジーク

宮本　永子
『雲の歌』

「美しき青きドナウ」を聴いている　窓を地球が横切ってゆく

喜多　昭夫
『いとしい一日』

「ペール・ギュント」グリーグの代表作の一つ。イプセンの同名の戯曲のために作曲した劇付随音楽。中でも「朝」が名高い。

「アイネ・クライネ・ナハトムジーク」モーツァルトが作曲したセレナーデの一つ。

ドヴォルザーク「家路」の放送聞こえきてコロナ集団下校始まる　斉藤　光悦『時のパースペクティブ』

ドビッシー〈海〉の最中に起き出でし子は揺らぎつつ胸に来て眠る　花山多佳子『楕円の実』

空調のノイズがマーラー交響曲第五番アダージェットを奏づ　大室ゆらぎ『夏野』

昨夜聞きしハチャトリアンを引き摺りて今朝は和讃列に連なる　武下奈々子『樹の女』

バルトークの太鼓ひびかう　うなだれつつ浴槽までたどりつきて覗けば　岡井　隆『土地よ、痛みを負え』

攻撃を開始する前の恍惚と緊張　会場に拡がりやがてリストの曲が飛び跳ねる　光本　恵子『薄氷』

「ハチャトリアン」旧ソビエト連邦の作曲家、指揮者。アルメニア人。

そのたびにピアノの前で付け替へるショパン
弾くゆびバッハ弾く指

栗原　寛
『鏡の私小説』

「アヴェマリア」の唄声ひびく隣家より月の美
肌は輝き昇る

武藤　敏春
『鶲鳴く』

君が弾く〈愛のあいさつ〉うるはしくおゆびは
もはや波となりゆく

内山　咲一
『指物語』

覚えたての「聖者の行進」弾いている少女の頬
に汗流れおり

田中　拓也
『東京（とうけい）』

雨つづき〈ストロベリー・フィールズ・フォー
エヴァ〉耳のかたちに眠つてゐたい

長谷川と茂古
『幻月』

若きトランペッターが妻の為に吹くセントル
イス・ブルースに踊らされ

佐佐木幸綱
『群黎』

君に出会ったときの鼓動がまるっきり「チェリー」の出だしのドラムだったな

山田 航
『寂しさでしか殺せない最強のうさぎ』

麦の上の低き空とぶつばくらめドナドナドナドナと歌いしバエズよ

渡辺 泰徳
『浮遊生物』

青春もこれにて終はると女いふ霧のハートブレイク・ホテルはづかしや

西村 尚
『飛聲』

過ぎ去りしふたりの時間を現在にいきもどしをり「悲しき悪魔」

松平 修文
『水村』

クワイ河マーチに釣られ唇窄め吹けば鳴りつつも頬の麻痺忘れ

石本 隆一
『花ひらきゆく季』

鉄琴に奏でる三時の「ローレライ」音階すこしずれゐて眠し

森 みずえ
『水辺のこゑ』

「悲しき悪魔」プレスリーによるヒット曲。バラードとロカビリーを組み合わせた意欲作とされる。

「クワイ河マーチ」アルフォード作曲の『ボギー大佐』を、アーノルドが映画『戦場にかける橋』のテーマ音楽用に編曲した行進曲。

口遊むアニーローリーさわさわと光を撫でる芒の小径
鈴木美紀子『風のアンダースタディ』

焼土より掘り出した斧を焼き入れる「買物ブギ」が歌わるる日に
原田のぼる『鍛冶屋物語』

老人と子供のポルカずびずばあ貧困はヤメテケーレ　雪ふる
小島ゆかり『雪麻呂』

ふるさとに一期（いちご）のわかれゆるされて今宵たよりの江差追分
福田栄一『この花に及かず』

八木節の囃子（はやし）かなしく舞ひし夜の衣（きぬ）の綾さへ眼には残るを
明石海人『白描』

*

国宝宗達図の神の羽衣をひるがえし夫婦のごとく去りゆきにけり
香川進『湖の歌』

モナ・リザの微笑(びせう)はわれのものならず口(くち)さへあきて妻の居睡る
筏井 嘉一
『荒栲』

まこと美に規範(きはん)などなくピカソ描(えが)くゲルニカ・馬の首・泣いてゐる女
杜澤光一郎
『黙唱』

ブルデルの弩(ゆみ)引く男見つめたり次第に暗く怒るともなく
岡井 隆
『天河庭園集』

美しかりしオーミエールはうつむけり母に放心の束の間ありて
春日井 建
『青葦』

「弧(ゆみ)をひくヘラクレス」はも耐へてをり縫ひめをもたぬひかりのおもさ
都築 直子
『淡緑湖』

永遠の四日間なぞなき生のよろしも「マディソン郡の橋」を見てより
田中あさひ
『とりがなくあづまの国に』

「ゲルニカ」ピカソがドイツ空軍による無差別爆撃を受けた1937年に描いた絵画、およびそれと同じ絵柄で作られた壁画。

「美しかりしオーミエール」ロダン作のブロンズ像、年老いた女性が主題。

「弧をひくヘラクレス」フランスの彫刻家ブールデルの代表作。

〈太陽がいっぱい〉なればはつ夏の乳房のごとく風はらむ帆よ　　永田　和宏『メビウスの地平』

＊

玉虫の羽をもて厨子を貼りし者の不穏のこころひと日見えゐつ　　稲葉　京子『槐の傘』

玉虫厨子からもれてくる　悲鳴　秘色緑青したたりやまず　　南　輝子『WAR IS OVER百首』

正倉院御物見巡り楽しもよ白銅塊（アンチモン）とふレアメタルあり　　石井　幸子『川端通り』

宝物庫の闇にみひらく翁面阿古父（あこぶ）の尉に髭はえてゐき　　久我田鶴子『ものがたりせよ』

千年の星霜凌ぎ遺されし熊野懐紙やここにわが読む　　来嶋　靖生『水』

「太陽がいっぱい」１９６０年のフランス・イタリアの犯罪映画。ニーノ・ロータによる主題曲は有名、主演はアラン・ドロン。

「熊野懐紙」後鳥羽上皇が度々の熊野御幸中に開催した歌会当座の懐紙。鎌倉時代の仮名書道の遺品として貴重視される。

見るひとを通せん坊する苔色のぼあんとガレのランプのあかり

廣庭由利子『ぬるく匂へる』

古伊万里の遠近のなき景をいで文人にとり水(み)中(なか)をあゆむ

春日真木子『あまくれなゐ』

古墳・寺社・城郭

下から上に風が吹き下から上に雪が降り　その日山形立石寺

穂曽谷秀雄『穂曽谷秀雄昭和新短歌』

タクシーに告げる名前の柔らかく金泉寺内こもれびの里

笹本　碧『ここはたしかに』

はるか望む鶴林寺の屋根遠く遠く掌(てのひら)あわせ「さんまいえ　そわか」

沖　ななも『日和』

「ガレ」エミール・ガレ。彼の工場で製造されたガラス製品を単に「ガレ」と呼ぶ。

「立石寺(りっしゃくじ)」山形市にある天台宗の仏教寺院。山寺の通称で知られ、古くは「りゅうしゃくじ」と称した。

「金泉寺」埼玉県比企郡嵐山町にある曹洞宗の寺院、山号は体大龍山、「こもれびの里」という樹木葬墓地がある。

「鶴林寺」徳島県勝浦郡勝浦町にある高野山真言宗の寺院、四国八十八箇所霊場第20番札所。

音楽寺までの思想をときつつも空白ほそく水流れをり
小中　英之
『翼鏡』

浅草の五重塔（ごぢゆうのたふ）のまぢかくに皆あはれなる命うらなふ
斎藤　茂吉
『寒雲』

総本社水天宮に来てみれば奇抜な姿の阿吽の狛犬
山中もとひ
「生きてこの世の木下にあそぶ」

罪人の曳かれゆきしという道を泪橋まで回向院まで
今井　恵子
『運ぶ眼、運ばれる眼』

明治神宮の樹立の闇に吸はれゆきぬ　文語もう、瀕死なりけり
日高　堯子
『空目の秋』

ビルの縁（へり）に鳴きゐる鴉　友を呼び花園神社にかへりゆくらし
高旨　清美
『雀のミサ曲』

「音楽寺」埼玉県秩父市にある臨済宗南禅寺派の寺院。秩父三十四箇所第23番。

「回向院」東京都墨田区にある浄土宗の寺院。安政大地震をはじめ、水死者や焼死者・刑死者など横死者の無縁仏も埋葬する。

秋なればなるべし古書肆を出できたる本の市立つ穴八幡に　蒔田さくら子『鱗翅目』

ニコライ堂この夜揺りかへり鳴る鐘の大きあり小さきあり小さきあり大きあり　北原 白秋『黒檜』

ニコライ堂のうしろの闇にうごくみえ列たてなおす声らしき低き　香川 進『甲虫村落』

晩秋の広沢寺訪へばさびさびと〈五蘊皆空〉の文字迎へたり　砂田 暁子『遠霞』

開祖大師の遠忌いとなむ總持寺の幔幕が見える常磐木の間から　西村 陽吉『晴れた日』

相模国分寺伽藍の址の芝はらに夕色広がるわれ立ち舞はむ　一ノ関忠人『木ノ葉揺落』

「穴八幡宮」東京都新宿区西早稲田の市街地に鎮座する神社。

「広沢寺」神奈川県厚木市にある曹洞宗の寺院、山号は太富山、本尊は薬師如来。

「總持寺」横浜市鶴見区の仏教寺院。永平寺と並ぶ日本曹洞宗の大本山。

建長寺大好物のけんちん汁知りたる由緒(いはれ)も具とし食(いただ)く

金子 貞雄
『はにほへと』

円覚寺の参道を行く青年の行灯袴にもぐりこむ 風

蔵本 瑞恵
『風を剖く』

国指定名勝瑞泉寺庭園に生いたるゆえに草は除かる

大下 一真
『漆桶(しっつう)』

寺おおき路地ぬけてゆく正願寺武川家菩提寺先生ねむる

糸川 雅子
『ひかりの伽藍』

善光寺の信者の群にもぐりこみ手足のばして一夜をねむる

山崎 方代
『山崎方代全歌集』

渡岸寺(どうがんじ)出でて雨森あめのもり白山吹の花かそかなり

久我田鶴子
『ものがたりせよ』

「瑞泉寺」神奈川県鎌倉市二階堂にある臨済宗円覚寺派の寺院。住職は大下一真。

「正願寺」長野県諏訪市岡村にある浄土宗の寺院。武川忠一氏の菩提寺。

「渡岸寺」滋賀県長浜市高月町渡岸寺にある真宗大谷派の寺院。

円頓寺商店街の古本市にやってきてとんかり三十一文字の本

加藤 治郎
『海辺のローラーコースター』

修善寺はいま花嵐いつくしの桜一片まなぶたを打つ

伊藤 純
『びいどろ空間』

暮れてゆく東寺の庭の藤袴　困難ひとつ置いて来たりし

佐波 洋子
『種子のまつぶさ』

国つびとが三万三千の仏拝む三十三間堂初さくら

青山 霞村
『地塘集』

あだし野の千灯燃えよ念仏寺　炎の揺れて魂の執着

梓 志乃
『阿修羅幻想』

知恩院ライトアップに輝いて京都の秋の先端におり

小塩 卓哉
『たてがみ』

「円頓寺」名古屋市西区那古野にある長久山圓頓寺の門前町として広がっている商店街。

いつの日か繪巻に見たる東福寺通天橋にちる紅葉かな

柳原 白蓮『踏絵』

松の実や楓の花や仁和寺（にんなじ）の夏なほ若し山ほととぎす

若山 牧水『海の声』

仁和寺（にんなじ）や花散る雨にそぼ濡れぬ、君（きみ）十六の春なりしかな

佐佐木信綱『新月』

清水の舞台に紅葉観るひとを舞台の木組みの底より仰ぐ

志野 暁子『つき みつる』

さみどりに包まれて立つ燈心亭後水尾上皇遺愛とぞ聞く

筒井 紅舟『21世紀現代短歌選集』

西行のみまかりましし弘川寺八百余年花吹雪く春

石川 恭子『forever』

「東福寺」京都市東山区本町十五丁目にある臨済宗東福寺派の大本山の寺院。山号は慧日（えにち）山（さん）。

「仁和寺」京都市右京区御室大内にある真言宗御室派の総本山の寺院。

「燈心亭」大阪府水無瀬神宮にある茶亭。後水尾（ごみずのお）院より下賜されたと伝えられる。

「弘川寺（ひろかわでら）」大阪府南河内郡河南町弘川にある真言宗醍醐派の準別格本山の寺院。山号は竜池山。本尊は薬師如来。

ゆく秋の大和の国の薬師寺の塔の上なる一ひらの雲　佐佐木信綱『新月』

はるばると来し唐招提寺金堂の古き扉にわが向ひたり　中野菊夫『丹青』

秋さむき唐招提寺（とうしょうだいじ）鴟尾（しび）の上に夕日うすれて山鳩の鳴く　佐佐木信綱『新月』

室生寺の去年のもみぢを額に入れ常くらき壁に掲げんとする　森山晴美『わが毒』

威圧するごとくに塔の聳え立つ興福寺とは藤原氏の寺　本木巧『夕べの部屋』

興福寺の鐘はやも鳴りはじむ東大寺の鐘に先立つこと小半時　沖ななも『日和』

「室生寺」奈良県宇陀市室生にある真言宗室生寺派の大本山の寺院。山号は宀一山（べんいちさん）または檉生山（むろうさん）。

日の暮れの雨ふかくなりし比叡寺四方結界に
鐘を鳴らさぬ

中村　憲吉
『しがらみ』

長谷寺にいたく降りたる雨霰いまなほ綺語は
十悪のうち

林　和清
『ゆるがるれ』

モダン寺を葬儀場に決めし母慣れ親しみし通
りの角の

山田　恵子
『月のじかん』

粉河寺遍路の衆のうち鳴らす鉦々きこゆ秋の
樹の間に

若山　牧水
『海の声』

御仏の与願の右手大きかり萩の零るる観世音
寺に

山中もとひ
『〈理想語辞典〉』

外壁一枚残したままで焼け落ちしザビエル聖
堂にむかひ立ちたる

藤本喜久恵
『Xへの架橋』

「長谷寺」真言宗豊山派の寺院。奈良県桜井市初瀬山を総本山として、鎌倉など全国に二五〇社がある。

「モダン寺」神戸市にある浄土真宗本願寺派の寺院。

「粉河寺」和歌山県紀の川市粉河にある粉河観音宗の総本山の寺院。

「観世音寺」福岡県太宰府市観世音寺五丁目にある天台宗の寺院。山号は清水山。本尊は聖観音。開基は天智天皇。

＊鎌倉や御仏(みほとけ)なれど釈迦牟尼は美男(びなん)におはす夏木立かな
与謝野晶子『恋衣』

御相(みさう)いとどしたしみやすきなつかしき若葉木立の中の盧遮那仏(るしやなぶつ)
与謝野晶子『みだれ髪』

形相(ぎやうさう)のはげしき蔵王権現(ざわうごんげん)のいかりしづもる日を待たむかな
綾部　光芳『青熒』

埃まとう南大門金剛力士像　目前の足爪ひたすら拝す
小沼　青心『野鳥時計』

千手観音千手と言へど遊ぶ手の一手なからむことわれを搏つ
小野興二郎『紺の歳月』

寧楽(なら)へいざ伎芸天女(ぎげいてんにょ)のおん目見(まみ)にながめあこがれ生き死なんかも
川田　順『伎芸天』

＊奈良の大仏は正式名称を「盧舎那仏」坐像という。晶子は鎌倉のみならず奈良の大仏も詠っている。

「蔵王権現」日本独自の山嶽仏教である修験道の本尊、奈良県吉野町の金峯山寺本堂(蔵王堂)に本尊として祀られる。

思いのほか太き腕（かいな）に見とれいる日光菩薩月
光菩薩の

沖　ななも　『日和』

頬に指手（た）触るるまへの弥勒像おもへば仄かに
みだれ給へり

稲葉　京子　『柊の門』

あこがれも切なさも込め祈り一つ大和の里の
私の阿修羅よ

梓　志乃　『阿修羅幻想』

うなじ清き少女ときたり仰ぐなり阿修羅の像
の若きまなざし

岡野　弘彦　『冬の家族』

千二百七十五歳の青年像・三面六臂の阿修羅
親しも

日野　正美　『小径Ｖ』

運慶作阿弥陀三尊ふくよかな面輪やさしもみ
な伏し目がち

村野　幸紀　『変奏曲』

＊

仁徳陵に近づきゆけばしづしづと空気が変はる時間がのびる

北神 照美
『ひかる水』

稲荷山古墳出土の鉄剣の色になるまで秋刀魚焼きをり

國清 辰也
『愛州』

将軍山古墳に草は生い茂りゴミのひとつも無くてかなしい

黒﨑 聡美
『つららと雉』

古墳にも住所のありて仁徳陵堺市大山町七といふ

今野 寿美
『め・じ・か』

古墳（ふるつか）の石室なるや安曇野の魏石鬼（ぎしき）の窟（いわや）に裏面史思う

鈴木 利一
『再生の季』

尾花かき分け愛しい人へ　雅の女人の影ほろほろと平城宮跡

宮 章子
「短歌」

「魏石鬼の窟」長野県安曇野市にある古墳。坂上田村麻呂に対抗するために魏石鬼八面大王がたてこもった岩屋とされる。

＊

葛城や高間の桜咲きにけり立田の奥にかかる白雲

寂蓮
『新古今和歌集』巻1

さざなみや志賀の都は荒れにしを昔ながらの山桜かな

平忠度
『千載和歌集』巻1

うかりける人を初瀬(はつせ)の山おろしはげしかれとは祈らぬものを

源俊頼
『千載和歌集』巻12

夜をこめて鳥のそらねははかるともよに逢坂の関はゆるさじ

清少納言
『後拾遺和歌集』巻16

かきすつる藻屑(もくづ)なりともこの度はかへらでとまれ和歌の浦波

足利尊氏
『続後拾遺和歌集』巻16

和歌の浦の飯蛸喰ひすぎ漱石はあはれ倒れき飯蛸うまけれ

島田修三
『露台亭夜曲』

「さざなみや」志賀にかかる枕詞、また、「昔ながら」に志賀の都の西方にある「長等山」をかける。

「逢坂関」山城国と近江国の国境となっていた関所。相坂関や合坂関、会坂関などとも書く。

「かきすつる」掻き捨てる藻屑のように書き捨てる歌に過ぎないが、この度は中央の和歌の世界にとどまってほしい。「和歌の浦」は歌枕。

信長の夢ならずとも岐阜城の天守に立てば涌きくる思い
小塩 卓哉 『たてがみ』

ころも川北上川を吹きこえてあきかぜさむし高館の城
佐佐木信綱 『思草』

鶴ヶ城の夜桜を見に行きしかどえびやのうなぎを食つて来たのみ
室井 忠雄 『起き上がり小法師』

鉄錆びた蛇口も世界遺産なる軍艦島の波濤にうかぶ
池田裕美子 『時間グラス』

名著・科学技術

果てしなき彼方(かなた)に向ひて手旗うつ萬葉集をうち止まぬかも
近藤 芳美 『早春歌』

「軍艦島」 長崎市にある島で、端島(はしま)ともいう。明治から昭和にかけて海底炭鉱によって繁栄。閉山後は無人島、ユネスコの世界文化遺産。

スタンドも点りしままに和漢朗詠集寝台の足もとに落ちてゐたりき

倉地与年子『素心蘭』

白き息吐きたるごとし歌のまえ一行を空く伊勢物語

吉川宏志『鳥の見しもの』

そは晩夏新古今集の開かれてゐてさかしまに恋ひ初めにけり

紀野恵『さやと戦(そよ)げる玉の緒の』

ややよや子ら東鑑(あづまかがみ)にのせてある道はこの道春のわか草

落合直文『萩之家歌集』

陶物の北山女はんべらせ山家集読む秋のすさびや

青山霞村『池塘集』

『大辞林』膝に雨水をまどろめば粗目のごとくこぼるる活字

石井美智子『音叉』

「山家集」平安末期の歌僧・西行法師の歌集。

八月六日八月九日原爆忌と記さぬ日本の広辞苑バカ　前田えみ子『蓑虫家族』

歌詠みとなりたる吾をいかばかり助けくれたり『新撰漢和辞典』　鶴岡美代子『斜度』

手に『雨のことば辞典』を置きながら書斎に合うか考えている　北辻一展『無限遠点』

母の部屋の牧野植物大図鑑　海石(いくり)となりてまたぐほかなし　小島ゆかり『雪麻呂』

『葉で見分ける植物図鑑』捲る音　小さな風は首までおよぶ　黒﨑聡美『つららと雉』

地下書庫に続く階段下りおり『古典植物図鑑』抱えて　田中拓也『東京(とうけい)』

歳時記等には「原爆忌」が掲載されていることとの対比。

雪の日に幼き孫が持ち出せば涙ぐましき江戸名所図絵
岡　麓
『涌井』

叡山は頑固な山といふ会話『虞美人草』の冒頭にあり
永井　陽子
『モーツァルトの電話帳』

ぬけがらの蝉を愛する少年と手にひらくファーブル昆虫記
小林　優子
『三月の桜』

『太陽を射る者』を父の書庫の隅に発見せしは小学二年
千々和久幸
「十月」

春から夏へ読み終わらない『死の棘』を読み終わってはならぬと思えり
大森　静佳
『ヘクタール』

千代田村柏はさびし重吉が住みて『貧しき信徒』を書きし
米川千嘉子
『雪岱が描いた夜』

「太陽を射る者」賀川豊彦の自伝小説。「太陽を射るもの」とも表記される。

「死の棘」島尾敏雄の代表作。

かつて住みし阿佐ヶ谷駅前覚束なゆゑ知らぬ酔ひに持つ「わがからんどりえ」
西村　尚
『飛聲』

明治四十年万葉集略解手にせりき幾年にかなる自ら算ふ
土屋　文明
『青南集』

安次(あんつぐ)の『拾遺亦楽』読みだして一天四海に薫風わたる
木戸　敬
『無常迅速』

アカハタを讀みゐし少女よ貧しければストレプトマイシンを恃まず死にき
相良　宏
『相良宏歌集』

『たくさんのたくさんのたくさんのひつじ』という絵本借りきて妻は上機嫌なり
田中　拓也
『東京(とうけい)』

工藤家の長女　はらぺこあおむしでいちばん好きなページはサラミ
工藤　玲音
『水中で口笛』

「わがからんどりえ」小中英之の第一歌集。

「安次」安藤次男、その著作に『古美術　拾遺亦楽(しゅういえきらく)』がある。「一天四海」は全世界ほどの意。

ガリバーを読みて怒りを遣ふ夏ガリバーの
作者しきりに恋ほし
森山　晴美
『月光』

＊

はやぶさ2なにを知らせて来たるとも秋の宇
宙はふかぶかと青
日高　堯子
『水衣集』

春の夜光を曳きて天界をめぐる国際宇宙ス
テーション
荻本　清子
『冬蝶記』

二十八回宇宙に行きしコロンビア帰還したり
き二十七回まで
風間　博夫
『動かぬ画鋲』

ボイジャー一号星間空間に達し宇宙の果てに
飛び去るといふ
田中　薫
『土星蝕』

着陸せしソユーズに馳せ寄り覗きたる者の一
声「みんな生きてる！」
時本　和子
『運河のひかり』

「はやぶさ2」小惑星探査機「はやぶさ」の後継機として宇宙航空研究開発機構（ＪＡＸＡ）が打ち上げた小惑星探査機、地球近傍小惑星「リュウグウ」への着陸およびサンプルリターンを行った。

「コロンビア」アメリカスのペースシャトル、２００３年、28回目の飛行終え、地球に帰還する直前に空中分解した。

NASAが名指すケプラー22b適温の水ある星をさびしみ聞けり
池田裕美子『時間グラス』

種子島宇宙センター土産屋にスペースシャトル数多待機す
佐藤モニカ『白亜紀の風』

巨大なる複眼ならんかスーパーカミオカンデ神岡町池の山地下一千米
川田　茂『粒子と地球』

若狭美濱原子力発電所隆起せりなべての雪移り棲むべく
葛原　妙子『葛原妙子歌集』

広重の「気比の松原」この山のむかうに美浜原発がある
石井　幸子『川端通り』

まふたつに折られたる軀(み)を五十年「大和」は海底の錆びた島山
田村　広志『島山』

「スーパーカミオカンデ」岐阜県飛騨市神岡町の旧鉱山地下1000mに設置された、東京大学宇宙線研究所が運用する世界最大の宇宙素粒子観測装置、ニュートリノの研究を目的とする。

亡骸の戦艦「三笠」は遊園となりて老人子ども遊ばす
金子　貞雄
『はにほへと』

海鳥は三笠の艦首の金色の菊のご紋をかすめて飛べり
小林　幸子
『六本辻』

*

学生の俤きえし顔が待つ逍遥演劇博物館前
日高　堯子
『褱月もゆら』

網走のここは監獄博物館めぐるわれらに四月の吹雪
佐々木通代
『夜のあすなろ』

たもの林を透かし湖を見つつ居りて網走監獄をわれは見たりき
土屋　文明
『山谷集』

向こうからきみが歩いてくる夢の、貝の博物館は冷えるね
笹川　諒
『水の聖歌隊』

「三笠」旧帝国海軍の戦艦。日露の日本海海戦で連合艦隊旗艦を務めた。神奈川県横須賀市に現存し公開されている。

「逍遥演劇博物館」正しくは「早稲田大学坪内博士記念演劇博物館」、早稲田大学構内にある。演劇博物館、演博（えんぱく）とも略される。

「貝の博物館」は複数ある。

折おり

光合成しているわれとトラックを吹き上げて
ゆく木枯らし一号

石川　幸雄
『解体心書』

母方は黒門町の紺屋なるきびきびとしてはた
らく明治

大森　浄子
『近景』

昭和八年の写真のにぎはひ麻布十番商店街の
道はひろくて

大山　敏夫
『醜の夏草』

*

さみだれの雨の激しき日の果てに「白樺派」と
いふひびきかなしむ

小中　英之
『翼鏡』

しづのめも早苗(さなへ)とるには行儀よくならぶや菅(すげ)
の小笠原流

桂まゆずみ
『狂歌才蔵集』

「愛知団体」「福井団体」等のあり北海道の昭和の地図に

松木　秀『色の濃い川』

「国境なき医師団」に月々わづかなる金おくりゐし妻をおもふも

小池　光『サーベルと燕』

東大を卒えたる若き女教師のはけるジーパンも見れば悪しからず

林　安一『騎Ⅱ』

ジャイアンツの試合に一喜一憂す生検の結果待つ日も父は

高山　邦男『インソムニア』

侫武多祭（ねぶたまつり）近づく夜らの町にぎはしおのがままなる旅にはあらず

古泉　千樫『青牛集』

不機嫌な晶子の切手貼られたる封書一通今日巴里祭

青井　史『青井史歌集』

北海道の地図には、入植団体の出身地の名残がある。

「国境なき医師団」1971年にフランスの医師とジャーナリスト等で作られたNGO、世界最大の国際的緊急医療団体。ノーベル平和賞を受賞。

ほろび行くもののひとつぞあはれなれこの風
流の深川踊(ふかがはをどり)
岡本かの子
『浴身』

＊

好きになるのを否めない聖子ちゃんカットが
起立、礼して揺れる
喜多 昭夫
『いとしい一日』

金銭を食べ続けねば果ててしまふカネゴンけ
ふも泣きながら食ぶ
江國 梓
『桜の庭に猫をあつめて』

空不思議そうに見上げたままショートしても
う動かないメカゴジラ
原 詩夏至
『レトロポリス』

日本のゴジラは忠実(まめ)であるために紺青の海ゆ
危機にはあらわる
山中もとひ
『〈理想語辞典〉』

雨止みしはウルトラマンのおかげなるとウル
トラマンの花火上がりぬ
吉田 惠子
『常盤線特急ひたち』

そのベロはなんとかおしよ成人の日の和服着
しペコちゃん人形

杉﨑　恒夫
『パン屋のパンセ』

＊

行先は駅前行きのバスにして其処から東京へ
も釧路へも行ける

浜田　康敬
『「濱」だ』

人

政治・実業

秋篠宮殿下の趣味は何ならん　春の港で釣りでもせえへんか

喜多　昭夫
『いとしい一日』

リチャード三世のふりして寄れる父の掌が肩を把みぬ顔を歪めて

花山多佳子
『樹の下の椅子』

まぼろしの卑弥呼がかさなる　春の野にあまりに真赫く口紅ぬれば

前田えみ子
『メドゥサの口紅』

アリ、ヤア、オウ御所に蹴鞠の掛け声す藤原成通今日はおはさず

石井　幸子
『川端通り』

有名無名あまたの志士を匿いたる庵ぞあるじは野村望東尼（のむらぼうとうに）

山中もとひ
『生きてこの世の木下（こした）にあそぶ』

「リチャード三世」ヨーク朝最後のイングランド王（在位：1483年～1485年）。薔薇戦争の最後を飾る王である。

「藤原成道」平安時代後期の公卿、歌人。蹴鞠、今様、笛、乗馬、早業、和歌の達人として知られ、特に蹴鞠においては「蹴聖」と呼ばれ、長く手本とされた。

青い舌みせあいわらう八月の夜コンビニの前ダイアナ忌

山崎　聡子『青い舌』

＊

「ヒロシマ」の「ヒ」が聞こえない響きよきオバマの声を巻き戻しつつ

飯沼　鮎子『土のいろ草のいろ』

倒されて運ばるるとき天心をはじめて見たるレーニンの像

大塚　寅彦『声』

イオシフ・ヴイツサリオノヴチ・スターリン死す英雄の齢（よはひ）かたむきて逝（ゆ）くぞ悲しき

宮　柊二『晩夏』

インペラートル・カエサル・ディーウィー・フィーリウス・アウグストゥスよ月を名付けて

川野　芽生『Lilith』

歯みがきだらけの口あけるときカーターに似るホメイニに似る

高瀬　一誌『喝采』

「アウグストゥス」ローマ帝国の初代皇帝。養父カエサルの後を継いで内乱を勝ち抜き、地中海世界を統一して帝政を創始し、パクス・ロマーナ（ローマの平和）を実現した。

あたためきしひとつ言葉ぞチャーチルの「影のなくして光はあらず」

平林　静代
『寒立馬』

チェ・ゲバラいきた時代もあったのだ千日紅やや衰えて秋

小谷　博泰
『三千世界を行く船』

ミュンヘンに吾居りし時アドルフ・ヒットラーは青年三十四歳

斎藤　茂吉
『寒雲』

＊

三月の疎林を揺らし渡る風　走るアテルイの後ろ姿隠す

五十嵐順子
『奇跡の木』

黄葉落ちて風通り行く猿飛来蝦夷アテルイの墓地あるところ

佐野　督郎
『カナヘビ荘日記』

頼朝がつくりしままの切り通しのぼりてゆけば君の居る家

鈴木　英子
『水薫る家族』

「チェ・ゲバラ」キューバのゲリラ指導者。１９５９年カストロがハバナに入城し「キューバ革命」が達成され、ゲバラはキューバ新政府の国立銀行総裁に就任した。67年10月8日政府軍に射殺される。享年39。

「アテルイ」（大墓公阿弖流為）奈良時代末期から現在の奥州市水沢地域付近で生活していた蝦夷の一人で、胆沢地方と蝦夷の統治を目論む朝廷軍との戦いで、蝦夷のリーダーとして立ち向かった人物。

爆死とはこんな激しさわがうちに松永久秀いたことを知る
富田　睦子『風と雲雀』

逆風や下総なれば殊に吹けかの将門を撫したるごとく
依田　仁美『正七角形な長城のわたくし』

石神井城を攻め滅ぼしし道灌は定正どのに討たれをはりぬ
島崎　榮一『雪』

桜田門事件の罪を問われたる妓女滝本と名を残すあり
今井　恵子『運ぶ眼、運ばれる眼』

広田弘毅生誕の地の石じるし見てすぎゆきて今宵のやどり
清水　房雄『老耄章句』

〝横井庄一さん帰還せし日〟と伝へらる「悪戦背理」を忘れざらめや
松木　鷹志『老木の酸素』

「松永久秀」戦国時代・安土桃山時代の武将、大和国の戦国大名である。官位を合わせた松永弾正の名で知られる。

「道灌」（太田道灌）享徳の乱、長尾景春の乱で活躍した武将。江戸城を築城し、学者としても一流だったといわれる。

「妓女滝本」（瀧本伊能）桜田門外の変で井伊直弼を暗殺した関鉄之助と深い関係にあった。関に隠れ家を提供したかどで捕らえられ拷問の末、獄死する。

「広田弘毅」政治家。第32代内閣総理大臣。石屋の倅から立身出世して位を極めたが、戦後の極東軍事裁判で文官としては唯一のA級戦犯として有罪判決を受け死刑となった。

＊

平凡を身に着けるまでの生活は櫻井千鶴子と
いふ名の時間

高山　邦男
『インソムニア』

囚われし重信房子の大写真かつては同じ風を
浴びたり

布々岐敬子
『きのう銀座で』

あゝ山口二矢(おとや)よ、われと同年に生まれしきみ
の死いまだ解きえず

小川　太郎
『路地裏の怪人』

＊

ヤキトリを焼くは備長炭という紀州は備後屋
長右衛門殿

吉岡　生夫
『イタダキマスゴチソウサマ一九九五年』

渋沢栄一生家の敷地は一町歩と庭を掃く手を
止めて人言ふ

金子　貞雄
『而今の森』

ココ・シャネルの映画を見ればあの夏のおで
この広い叔母を思えり

山崎　聡子
『青い舌』

「櫻井千鶴子」オウム真理教事件で指名手配されていた菊地直子が、長期間に亘って逃亡していた時に使っていた偽名。

「山口二矢」1960年、政党代表放送で演説中の日本社会党党首浅沼稲次郎を脇差様の刃物で殺害。裁判を待たず、東京少年鑑別所内で「天皇陛下万才、七生報国」との遺書を残して縊死した。

「渋沢栄一」実業家。明治政府では官僚を務めた。退官後は実業界に転じ、「日本資本主義の父」と称される。

文化

生きながら三十一文字に葬られシュレーディンガーの猫になりてむ

國清　辰也

『愛州』

澤わたりゆく自轉車の少女らの脚まぼろしのマルコ・ポーロに

塚本　邦雄

『緑色研究』

大うつしに舌を出したる写真出づアインシュタインなれば神秘に

古澤りつ子

『魔法の言葉』

菅江真澄が桃源郷と呼びし里を今は限界集落という

津田八重子

『黒き断面』

案内者(あないじゃ)の佐伯八郎言へらくはかかる大鷲を初めてぞ見し

川田　順

『鷲』

「シュレーディンガー」（エルヴィン・シュレーディンガー）オーストリアの物理学者。物理学的実在の量子力学的記述が不完全であると説明するための猫を使った思考実験を「シュレーディンガーの猫」という。

「菅江真澄」江戸時代後期の旅行家、本草学者。文化年間半ば頃から菅江真澄（真栖・真隅とも）を名乗った。

「佐伯八郎」戦前の立山ガイド。立山アルペンルートの高原バス道路近くに至る登山道「八郎坂」にその名を残す。

夏至までにのびゆく日脚かぞえつつ老子を思
い荘子を思う

丸山三枝子 「晶」

キャパの「兵士」を掲げし部屋に日日の糧得る
のみの写真を撮りつぐ夫は

平林　静代 『寒立馬』

ツァラトゥストラ思えばはるかゆうぐれと夜
のあわいをのぼる噴水

永田　和宏 『メビウスの地平』

踊躍歓喜(ゆやくかんぎ)のこころあらずと親鸞も言ひき亘よ
和(な)ぎて眠らむ

滝沢　亘 『白鳥の歌』

いまむかしまこと清浄(きよ)かりし唯一人(ただひとり)一生不犯(いちしやうふぼん)
明恵上人(みやうゑしやうにん)

吉野　秀雄 『苔径集』

相模峯に将星消えて四百年ますらを江川生ひ
いでし山

佐佐木信綱 『思草』

「キャパ」（ロバート・キャパ）ハンガリー生まれの写真家。戦場カメラマン。1954年に北ベトナムで地雷に抵触し爆発に巻き込まれ死亡。享年40。

「ツァラトゥストラ」（ザラスシュトラ）紀元前7世紀頃のゾロアスター教の開祖。古代アーリア人の宗教の神官。その生涯については謎が多い。

われは神、汝も神といふ教へ説きし預言者宮崎虎之助　爲永　憲司『十月』

寒風に揺れる赤提灯めざし桂風恵薫居士（けいふうえくんこじ）と駆け込む　武田　素晴『風に向く』

台風の過ぎたばかりの満員の電車に落ちてるけろけろけろっぴ　谷川由里子『サワーマッシュ』

仲邑菫初段のブロマイドニ通りどちらも完売とその見本置く　奥村　晃作『象の眼』

想い出の北園高校坊城先生　文語不勉強を後悔しおり　渡辺　泰徳『浮遊生物』

真夜中の電話に出ると「もうぼくをさがさないで」とウォーリーの声　枡野　浩一『枡野浩一全短歌集』

「宮崎虎之助」宗教家。福岡県柳川市生まれ。日清、日露戦争の前後に出現した「自称神仏」の一人。自ら「メシヤ仏陀」と称し、「我神主義」を唱え、妻・光子とともに路傍で説教を行った。

「仲邑菫（なかむらすみれ）」2009年生まれの囲碁棋士。史上最年少（13歳11か月）でタイトル獲得（女流棋聖）。

「ウォーリー」1987年にマーティン・ハンドフォードがイギリスで出版した絵本『ウォーリーをさがせ！』の主人公。

「富田尚三」線対称の氏名ある抜けられなかつた小路の正面

小潟　水脈
『時時淡譚』

「震度7！　震度7！」と叫んでる桜田そんな声が出るのか

北山あさひ
『崖にて』

鯨さん、とひそかに君をよびゐしを星くづ満ちる海をか往きし

桜木　由香
『迂回路』

海峡をたどればアンネの隠れ家が血虹に顕ちて空は焼けたり

春日井　建
『未青年』

佐野朋子のばかころしたろと思ひつつ教室へ行きしが佐野朋子おらず

小池　光
『日々の思ひ出』

芸術

炎天のロダンの像にわれも群れ抱きしものを崩していたり

石本 隆一
『木馬騎士』

世紀から世紀へつづく荒野にてジャコメッティふぶく時代ふぶかせ

南 輝子
『神戸バンビジャンキー』

透明な冬陽が染めるジャコメッティのたましいのような都市の痩せ肩

井辻 朱美
『クラウド』

骨片を重ねるごときガウディの建築学を何故か好めぬ

武下奈々子
『樹の女』

ガウディの仰ぎし空よ骨盤に背骨つみあげわれをこしらふ

春野りりん
『ここからが空』

「ジャコメッティ」（アルベルト・ジャコメッティ）スイスの彫刻家。第二次大戦後、針金のように極端に細く、長く引き伸ばされた人物彫刻で知られ、実存主義的と評される。

「ガウディ」（アントニ・ガウディ）スペイン出身の建築家。19世紀から20世紀にかけてバルセロナを中心に活動した。サグラダ・ファミリア等の作品群は世界遺産に登録されている。

五十八年の生をエミール・ガレの才ほとばしりつひにいのち写しき
石川　恭子
『黄葉の森』

ミケロアンゼロの憂鬱はわれを去らずけり桜花(さくら)の陰影(かげ)は疲れてぞ見ゆれ
岡本かの子
『浴身』

ミケランジェロに暗く惹かれし少年期肉にひそまる修羅まだ知らず
春日井　建
『未青年』

＊

新年の長谷川等伯松林図洗ひあげたるもののの鬼気あり
三井　ゆき
『池にある石』

歌麿の遊女の襟の小桜がわが傘(からかさ)にとまり来にけり
岡本かの子
『浴身』

北斎の波は魔物なりわが妻の開く画集にしばし魅入りつ
一ノ関忠人
『帰路』

「エミール・ガレ」アール・ヌーヴォーを代表するフランスのガラス工芸家。

「ミケロアンゼロ」（ミケランジェロ・ブオナローティ）イタリア盛期ルネサンス期の彫刻家、画家、建築家、詩人。西洋美術史上のあらゆる分野に影響を与えた芸術家でルネサンス期の典型的な「万能の人」と呼ばれる。

光琳の鶴千羽とぶ海の絵のさざなみの果ての
一点の紅(あけ)
太田　水穂
『流鷰』

左手に金の扇子を持ちて立つ夢二の女の立ち
姿良し
奥村　晃作
『ビビッと動く』

深水の真筆になる「武蔵屋」の屋号の扁額泣く
泣く手放す
鶴岡美代子
『斜度』

わたしにも見えるでしょうかモナリザのくち
びるが吐きつづける砂が
大森　静佳
『ヘクタール』

ダ・ヴィンチの手になるような静謐に銀糸綴
らる凍夜星燦図
池田裕美子
『時間グラス』

サン・セバスチャン繪の中にひたすらに水欲
り水の上ゆく椿
塚本　邦雄
『緑色研究』

「光琳」(尾形光琳)江戸時代中期を代表する画家の一人で、王朝時代の古典を学びつつ、明快で装飾的な作品を残した。

「夢二」(竹久夢二)画家、詩人。数多くの美人画を残しており、その抒情的な作品は「夢二式美人」と呼ばれた。大正ロマンを代表する画家。

「深水」(伊東深水)大正・昭和期の浮世絵師、日本画家、版画家。歌川派浮世絵の正統を継いでおり、日本画独特の柔らかな表現による美人画で知られる。

「サン・セバスチャン」ローマ皇帝の近衛隊長。禁制のキリスト教に帰依、加担したため、無数の矢を射られて曝される。その絵に寄せてた感懐の作。

風うなり街灯明滅する夜半にムンクとルドンの青白き歩み

大島　史洋
『藍を走るべし』

がたがたのエゴン・シーレの自画像を愛するひとであつたか母も

小佐野　彈
『メタリック』

みどりなる草ゆいできて眠れるは村山槐多の少女ならずや

香川　進
『湖の歌』

フェルメールのミルクの危ふさいくたびの修復を経て輝きゐるとは

経塚　朋子
『カミツレを摘め』

フェルメールの町と思えば尖塔の上なる雲の銀のかそけさ

佐佐木幸綱
『旅人』

ひと夜われむかひてゐたりゴヤ描く「巨人」なる絵のおそろしけれど

葛原　妙子
『原牛』

「ムンク」（エドヴァルド・ムンク）ノルウェー出身の画家。『叫び』の作者として知られる。

「エゴン・シーレ」20世紀初頭に活動したオーストリアの画家。

「村山槐多」明治・大正時代の洋画家、詩人、作家。みなぎる生命力を退廃的、破滅的雰囲気を纏わせながら絵画に表現した。

「フェルメール」（ヨハネス・フェルメール）オランダの画家。バロック期を代表する画家。写実的な手法と綿密な空間構成そして光による巧みな質感表現を特徴とする。

浮世絵を見つつ日本はよき国と思ひしゴッホに降る宵の雨
栗木 京子
『新しき過去』

太陽より月は明るく月よりも星はあかるいゴッホの天空(そら)に
小林 幸子
「晶」

芳一の双の耳たぶファン・ホッホの左みみたぶ春野にあそぶ
春野りりん
『ここからが空』

マチス描くうつくしき指木蓮(もくれん)花のごとくに空に反(そ)るを 愛す
斎藤 史
『ひたくれなゐ』

ゴオガンの自画像みればみちのくに山蚕(やまご)殺ししその日おもほゆ
斎藤 茂吉
『赤光』

クリムトの絵画、メーテルル、暗がりの杏子酒(ながれるよるはやさしい)
笹川 諒
『水の聖歌隊』

「芳一」古代の日本を舞台とした怪談「耳なし芳一」の主人公である琵琶法師の芳一。

「クリムト」（グスタフ・クリムト）帝政オーストリアの画家。赤裸々で官能的なテーマを描いた。

ダリの髭曲がる毛先に優しさを見せて音なく微かにゆれる　佐藤千代子『あれから』

生き方の問題としてみづからを責めゐたりルドンの暗き画の下　滝沢　亘『白鳥の歌』

雉食へばましてしのばゆ再た娶りあかあかと冬も半裸のピカソ　塚本　邦雄『緑色研究』

ジョットの真青　天上の青　永遠の吾が憧れよ　もうすぐあへる　徳高　博子『ジョットの真青』

若冲の孔雀のやうにふり向いて君は私を下にみてゐる　玉井まり衣『しろのせいぶつ』

三十三間堂あらたまのああこれは市川春子の線だとおもふ　荻原　裕幸『永遠よりも少し短い日常』

「ジョット」（ジョット・ディ・ボンドーネ）主に14世紀に活動したイタリア人画家、建築家。イタリア・ルネサンスへの先鞭を付けた。

「市川春子」１９８０年生まれの漫画家。２０１０年『虫と歌』で第14回手塚治虫文化賞新生賞を受賞。

＊

旧校舎のピアノを激しく弾くきみよ　モーツァルトの霊降りたるごとく

笹　公人
『念力図鑑』

秋の夜のバッハの葬送宗教声楽曲（モテット）にふとあらはれた君の声かな

中根　誠
『秋のモテット』

エチュードに太古の風の吹きすさぶ立ち上がりくるショパンの孤独

福田　淑子
『ショパンの孤独』

ショパンより後に生まれし仕合（しあはせ）に嬰ハ短調作品64番

宮　英子
『幕間』

放課後の二台のピアノ——天才であったと思う、ヴォルフガングも

柾木遥一郎
『炭化結晶』

ヴィヴァルディの夏をききつつ佯狂もきはまりゆくかきみ亡くて夏

山中智恵子
『星肆』

夜の川辺　元彦　英之（ひでゆき）　潤　賢二　修文　紅（こう）
花（くわ）らと酌みしことあり
綾部光芳
『青熒』

善通寺　丸亀　多度津ことごとく香川進に通
ひて苦し
磯田ひさ子
『ヒヤシンス』

牛飼の歌人（うたびと）左千夫がおもなりをじやぼんに似
ぬと誰（たれ）か云ひたる
伊藤左千夫
『左千夫歌集』

迢空の死後五十年の雨域にて渋谷はまさに悲
しかるらむ
木戸　敬
『無常迅速』

をぢさんの加藤治郎がそこにゐるエレベー
ターの扉開きて
小潟　水脈
『時時淡譚』

「元彦」冨士田元彦、「英之」小中英之、「潤」小紋潤、「賢二」小笠原賢二、「修文」松平修文、「紅花」王紅花。

「迢空」（釈迢空）歌人。「根岸短歌会」「アララギ」に参加。1942年、北原白秋、古泉千樫らと共に「日光」を創刊。折口信夫（本名）としては、民俗学者として広く知られる。

赤彦ののちに信濃の歌びととそのいさをしを忘れておもへや　斎藤　茂吉『白き山』

青田のなかをたぎちながるる最上川斎藤茂吉この国に生れし　古泉　千樫『青牛集』

作家にも犬派と猫派どちらかといへば犬派か斎藤茂吉　結城千賀子『雨を聴く』

百歳に十歳足らで往生の俊成卿に遺恨のいくつ　今野　寿美『め・じ・か』

たましひのすくひもとめて書写山に道を乞ひたり和泉式部は　高橋　元子『帽子が不在』

ウーロン茶二杯にて都市哀唱す藤原龍一郎のうたごゑ　田島　邦彦『暗夜祭天』

あるところで一歩及ばざりしわれか岸上大作の場合坂田博義の場合

清原日出夫
『流氷の季』

旗棹はおもく雨吸い六月の　岸上大作首垂れて佇つ

福島　泰樹
『血と雨の歌』

酬はれぬ誤算くやしく三十年(みそとせ)をただに岸上大作睡る

田島　邦彦
『暗夜祭天』

預言者のまさに死なむとする日々の或る日を訪ひし北原白秋

爲永　憲司
「十月」

打ち水や　かんかん帽の白秋が阿蘭陀(オランダ)書房より出でてくる

永井　陽子
『モーツァルトの電話帳』

逆光のなかに広がる須磨の海療養をせし子規を思えり

中川佐和子
『夏の天球儀』

「坂田博義」歌人。「辛夷」「ポトナム」「塔」にて活動。1961年、自宅にて自死。享年24。

「岸上大作」歌人。國學院大学在学中「東の岸上大作、西の清原日出夫」と謳われる。1960年12月、失恋を理由に下宿にて縊死。享年21。

九條武子きりりとした御名忘れめや悲しみ多き一生(ひとよ)のことも

永平　緑
「歌壇」

おそらくは初期歌作ならむ和泉式部のややつたなきを見て夜をなごむ

成瀬　有
『流されスワン』

さわだつは春の枯草　蟬丸に姉ありきまたさびしからずや

林　和清
『ゆるがるれ』

幸徳秋水「陳情書」を借り受けし石川啄木二十四歳

福島　泰樹
『大正行進曲』

名誉市民会津八一が歌作る書斎の見ゆる屋根に木羽葺く

西方　国雄
『新選十二人』

斎藤史「昭和の歌人」逝きませり信濃にありて信濃を出でず

布々岐敬子
『きのう銀座で』

「木羽葺く」この木羽(こば)(木端)は、屋根を葺くのに用いる杉、桧、槙などを薄くはいだ板の意である。作者が屋根を葺いている作業中に偶然、会津八一の書斎が見えた光景を詠っている。

ほつそりと春日井建の坐りゐし〈銀座ライオン〉その獅子も亡し

古谷　智子『ベイビーズ・ブレス』

そそくさと目白通りを来し人を歌人白蓮(びやくれん)と父が教へき

蒔田さくら子『鱗翅目』

人丸ののちの歌よみは誰かあらむ征夷大将軍みなもとの実朝(さねとも)

正岡　子規　新聞「日本」

苦笑ヒソレトモ激怒異界ヨリ見下ロシナガラ菱川善夫

森本　平『讒謗律』

熊野詣の定家のうれひ乱世のうれひにしみて懐紙かなしも

山中智恵子『星肆』

良寛が花もて逃ぐるお姿はいつの世までも残りけるかな

良　寛『良寛歌集』

いにしへの吉備の児島をゆくわれの嘆きは知らず大納言旅人　小見山　輝『神島』

＊

喜多八が関西訛りに啖呵をきる癩療養所の芝居たぬしも　明石　海人『白描』

にっぽんの処女(をとめ)はいかにおろかにて美(うるは)しきかなマノン・レスコオ　坪野　哲久『桜』

ウクライナの向日葵畑を愛したチェルノブイリ以前のDr.ジバゴ　山下　一路『スーパーアメフラシ』

くめ納豆におかめ納豆金のつぶ糸ひくからにのぼる犍陀多　吉岡　生夫『イタダキマスゴチソウサマ一九九五年』

八房(やつふさ)に懸想されたる伏姫の顔すでに犬、犬のさびしさ　日高　堯子『雲の塔』

「喜多八」十返舎一九の『東海道中膝栗毛』の主人公弥次郎兵衛宅に居候する人物。この二人を俗に「弥次喜多」という。

「マノン・レスコオ」1731年刊行のアベ・プレヴォーの長編小説で、ヒロインの名前でもある。正しいタイトルは『騎士デ・グリューとマノン・レスコーの物語』。

「犍陀多(かんだた)」1918年「赤い鳥」に発表された芥川竜之介の小説「蜘蛛の糸」の主人公。

＊

名は呪なり三島由紀夫と名のりしより三島由紀夫の生はじまりぬ

伊藤　純
『びいどろ空間』

注がれし毒薬の盃のみほして美酒を充たしし三島由紀夫よ

前川　斎子
『逆髪』

夕刻までに樋口一葉読みおわりひとり居の部屋でうすき汗せり

沖　ななも
『衣装哲学』

芥川も波郷も病みて清らなる句を残す「鶴」は病者の化身と思ふ

雁部　貞夫
『夜祭りのあと』

チェホフの背骨がしろく透きとおりわたくしだけに吹け青嵐

井上　法子
『永遠でないほうの火』

チエホフが辿りし旅程を地図のうへに書き誌したる若き技師もあり

土岐　善麿
『六月』

「チェホフ」（アントン・チェーホフ）19世紀に活躍したロシアを代表する劇作家、小説家。『かもめ』『三人姉妹』『ワーニャ伯父さん』『桜の園』はチェーホフの四大戯曲と呼ばれる。

南風モウパッサンがをみな子のふくら脛(ばぎ)吹く
よき愁(うれひ)吹く　北原白秋『桐の花』

アンデルセンのその薄ら氷(ひ)に似し童話抱きつ
つひと夜ねむりに落ちむとす　葛原妙子『橙黄』

越前の海辺ゆきつつ蘇る水上勉の泣くやうな
声　久保田登『手形足形』

書き出しは拝啓清少納言さま〈はるはゆうぐ
れ〉ではいけないですか　熊谷龍子『葉脈の森』

夕ぐれのプラハの街を足ばやに役所より帰る
フランツ・カフカ　玉城徹『樛木』

カフカ忌の無人郵便局灼けて頼信紙のうすみ
どりの格子　塚本邦雄『緑色研究』

「フランツ・カフカ」現在のチェコ出身の小説家。プラハのユダヤ人の家庭に生まれ、法律を学んだのち保険局に勤めながら執筆した。『変身』『審判』『城』など。ユーモラスな孤独と不安、夢の世界を想起させるような小説を残した。

ちやん付けで呼んでみたきが妻の前で呼び捨てにする池田エライザ

田村　元
『昼の月』

〈なだ・い・なだ〉スペイン語にて「なにもない、と、なにもない」とぞ何たる自在

丹波　真人
『朝涼』

カミュ（Camus）とは「鼻低き人」の意、足下（そくか）なる靴みがき靴にむきて微笑す

塚本　邦雄
『緑色研究』

男爵も役者も靴屋も地下いでて顔干してゐるゴーリキー十何回忌

中城ふみ子
『花の原型』

横顔の小泉八雲　頬杖の漱石　山田寺の仏頭もまた

野一色容子
『自堕落補陀落』

九十一のサリンジャー逝く永遠の愛読書一つ我に残して

平尾　輝子
『奉拝船』

「池田エライザ」女優、歌手、ファッションモデル、映画監督。1996年フィリピン生まれ。

「なだ・い・なだ」（なだいなだ）精神科医、作家、評論家。「なだいなだ」のペンネームは、スペイン語の"nada y nada"（何もなくて、何もない）に由来する。

「猟奇的ですぜ。檀那……」の声を背に荷風散人立ち去にけり
福島 泰樹
『大正行進曲』

かろがろと手にすくひとる一丁の豆腐はかくて西鶴を見す
水城 春房
『汞春院緝歌』

白玉のからだを買へと迫りたるひとみ涼しき樋口一葉
米口 實
『ソシュールの春』

そのかみの杉浦日向子の死を知らず吾の十年の波瀾にあれば
勺 禰子
『月に射されたままのからだで』

ヴァージニア・ウルフ　鱗の手触りをずっとおぼえているから冬だ
大森 静佳
『ヘクタール』

ヴァージニア・ウルフの住みし街に来てねむれり自分ひとりの部屋に
川野 芽生
『Lilith』

「ヴァージニア・ウルフ」イギリスの小説家、評論家。20世紀モダニズム文学の主要な作家の一人。「女性が小説を書こうとするなら、お金と自分だけの部屋を持たなければならない」という主張で知られる。

＊

みぞれ降る／石狩の野の汽車に読みし／ツルゲエネフの物語かな

石川　啄木『一握の砂』

ホメロスを読まばや春の潮騒のとどろく窓ゆ光あつめて

岡井　隆『鷲卵亭』

ロボットにヘルダーリンと名付けてはその行く先の原子炉建屋

秋山　律子『河を渡つて木立の中へ』

つくばねの常陸の邦の中里の雨情の詩碑の上のカナヘビ

佐野　督郎『カナヘビ荘日記』

底無しの虚にまよひてゐるやうに聞こゆ吉増剛造のこゑ

高橋　元子『帽子が不在』

釣床やハイネに結ぶよき夢を小さき葉守の神よのぞくな

尾上　柴舟『銀鈴』

「ツルゲエネフ」（イワン・セルゲーエヴィチ・ツルゲーネフ）19世紀ロシア文学を代表する文豪でロシア帝国の貴族。

「ヘルダーリン」（フリードリヒ・ヘルダーリン）1770年に生まれたドイツの詩人、思想家。大学卒業後に詩作する。30代で統合失調症を患いその後人生の半分を塔の中で過ごした。

「吉増剛造」詩人。独特の手法を用い、現代詩壇の先鋭的な詩人として高く評価されている。詩の朗読パフォーマンスの先駆者としても知られる。

「ハイネ」（ハインリヒ・ハイネ）ドイツの詩人。1831年、パリに移住して多数の芸術家と交

蛮声をあげて九月の森に入れりハイネのために学をあざむき

寺山　修司
『空には本』

辺境のこころは常に閑（かん）ならず岑参（しんしん）・高適（こうせき）の絶句も古詩も

野地　安伯
「十月」

熱き怒りやや鎮まりてランボーが帽子をとりて出でゆきし日ぞ

花山多佳子
『樹の下の椅子』

筆まめの立原道造イラストの書簡（ふみ）をも知るやこの円郵函（ぽすと）

春日真木子
『21世紀現代短歌選集』

道造のベッドの端に少しだけ掛けてよいかと振り向く少年

林　和子
『ヒアシンスハウス』

洋灯のもとに書かれし私信とも読みき立原道造の詩を

山本登志枝
『水の音する』

流を持つ。プロレタリア革命など共産主義思想の着想に多大な影響を与えた。

「立原道造」昭和初期に活躍した詩人。24歳8か月で結核により急逝。建築家として構想した図面に基づき、2004年に「ヒアシンスハウス」がさいたま市の別所沼公園に竣工した。

西にしてはわかきダンテがやさまみに一たび
沁みしおもかげの君

与謝野鉄幹
『うもれ木』

酒肆（さかみせ）に今日もわれゆくVERLAINE（ヱルレエヌ）あはれはれ
とて人ぞはやせる

吉井　勇
『酒（さか）ほがひ』

重吉の妻なりしいまのわが妻よためらわずそ
の墓に手を置け

吉野　秀雄
『晴陰集』

＊

山彦をだます海彦を憎みつつ書きたりわれは
裏切る弟

田井　安曇
『天乱調篇』

遠足の子らをよろこぶ穂ススキは秋を言祝ぐ
木花之開耶姫（このはなのさくやひめ）

鈴木香代子
『青衣の山神』

大山祇の命が獅子に跨がりてロデオを見せて
くれたる神楽

本多　稜
『六調』

「VERLAINE」（ポール・ヴェルレーヌ）19世紀のフランスの詩人。ステファヌ・マラルメ、アルチュール・ランボーらとともに、象徴派といわれる。多彩な韻を踏んだ約540篇の詩を残す一方で、破滅的な人生を送った。

「海彦」「山彦」昔話「海彦と山彦」の登場人物。兄海彦は海で魚などを獲って暮らし、弟山彦は山で獣を獲って暮らしていた。山彦が金の弓矢と交換した兄の金の釣り針を失くし、兄を怒らせたところから物語は始まる。

「大山祇の命」記紀神話で、伊弉諾（いざなぎ）・伊弉冉尊（いざなみのみこと）の子、また磐長姫（いわながひめ）・木花開耶姫の父として語られる神。

君が代は天兒屋根命(あめのこやねのみこと)よりいはひぞそめし久かれとは

藤原　通俊
『金葉和歌集』巻5

*

一生は直線か、はた円環か　ブッダ、ニーチェよ　冥土の友よ

斉藤　光悦
『時のパースペクティブ』

はたちの苦二十五の苦三十の苦　苦に遊ぶごとけふはデカルト

三井　ゆき
『空に水音』

プラトンを読みて倫理の愛の章に泡立ちやまぬ若きししむら

春日井　建
『未青年』

*

だまし討ちされたる酒呑童子(しゅてんどうじ)にていつまでも鬼とことはの鬼

綾部　光芳
『青熒』

メフィストの音(おと)もなく来て去(い)ぬごとく恐れをもちて妻とこもる日

木俣　修
『みちのく』

「天兒屋根命」日本神話に登場する神。中臣氏、藤原氏の祖神に当たる存在として知られる。

「デカルト」(ルネ・デカルト)フランス生まれ。17世紀の哲学者、数学者。合理主義哲学の祖であり、近世哲学の祖として知られる。

「酒呑童子」丹波国と丹後国の境にある大江山に住んでいたと伝わる鬼の頭領。源頼光とその配下の渡辺綱らに退治される。

「メフィスト」16世紀ドイツのファウスト伝説や文学作品に登場する悪魔で、ゲーテの『ファウスト』でよく知られる。

黄昏に管楽器吹くガリバーをり息のぬくみの闇は降り来ぬ　栗木　京子『中庭（パティオ）』

シンデレラ乗せし南瓜の馬車なども夕餉までには煮られてをらむ　栗木　京子『水惑星』

ひかりふる音楽室でシンバルを磨いて眠る一寸法師　笹井　宏之『ひとさらい』

芸能

重き衣（きぬ）きらびやかなる歌右衛門汗湧ける頬白く冴えたり　大野　誠夫『行春館雑唱』

煩雑の生活（たつき）の外をたゆたふて羽子板市の団十郎に遇ふ　平林　静代『寒立馬』

「歌右衛門」（中村歌右衛門）歌舞伎役者の名跡。作中の歌右衛門は、戦後の歌舞伎界における女形の最高峰と呼ばれ、人間国宝でもあった六代目と思われる。

＊

蓼科の一本桜の散りぎはに思ひをはせる小津安二郎
　　橘　夏生『セルロイドの夜』

霧笛はるかな波止場に来ても若き日は還らねど、裕次郎のポーズして佇つ
　　小川　太郎『路地裏の怪人』

佳きをみな老いも美(うま)しくおはすべしたとへば皺のソフィア・ローレン
　　恩田　英明『葭莩歌集』

ヴィヴィアン・リーと鈴ふるごとき名をもてる手弱女の髪のなびくかたをしらず
　　葛原　妙子『縄文』

薔薇が地上になくなってからばら色の浴槽で困り果てるノーマ・ジーン
　　五賀　祐子「21世紀の短歌を語る会」

デイトリッヒの脚モンローのひっぷなどはわが形而上のよろこびなりき
　　野村　清『緑䕷』

「ヴィヴィアン・リー」イギリスの女優。1939年の映画『風と共に去りぬ』のスカーレット・オハラ役。

「ノーマ・ジーン」アメリカ合衆国の女優、モデルであるマリリン・モンローの本名。

くつろげる八千草薫の居間に見ゆわれも関はりし『世界大百科事典』　丹波　真人『朝涼』

チャップリンをテレビに子らの見て居ればひとり臥しゐて吾が四肢伸ぶる　毛利　文平「長風」

コロンボさんのかみさんが亡くなってセリフが減少していますす、警部　笹井　宏之『ひとさらい』

＊

汁に僅か付けて啜れる箸さばき歌丸の手に蕎麦は生きもの　御供　平佶『21世紀現代短歌選集』

「ドラえもんがどこかにいる！」と子供らのさざめく車内に大山のぶ代　笹　公人『念力家族』

トニー谷広辞苑には見えれども算盤のこと記憶におぼろ　小笠原和幸『黄昏ビール』

「コロンボ」アメリカ合衆国で放映されたテレビ映画シリーズ『刑事コロンボ』の主役。ピーター・フォークのはまり役であり、劇中では「うちのかみさんがね」が口癖であった。日本語吹替は小池朝雄がよく知られる。

「トニー谷」戦後活躍した舞台芸人（ヴォードヴィリアン）。リズムに乗りそろばんを楽器のようにかき鳴らす珍芸が売り。

パチンコ屋の前でしげしげ眺め見るアグネス・ラムのある日の写真

小谷 博泰『三千世界を行く船』

ググったら人工知能開発者として輝いていたキャロライン洋子

穂村 弘『水中翼船炎上中』

＊

ヤノヴィッツソプラノの声イヤホーンにあふれ響かふリニヤックすみて

上田三四二『鎮守』

薄護謨の如きあしたの悲しさをエルトン・ジョンを聴きて越えつも

阿木津 英『紫木蓮まで・風舌』

足早に駆け抜けしわが三十代聖橋（ひじりばし）散る枯葉ボブ・ディランなど

尾崎左永子『春雪ふたたび』

変はる変はる時代は変はるよディラン唄ふ変へやう時代（エポック）扉（ノック）こぢあけ

南 輝子『神戸バンビジャンキー』

「ヤノヴィッツ」ドイツ生まれのオーストリアのオペラ歌手（リリックソプラノ）。

「エルトン・ジョン」イギリスのミュージシャン。アメリカのビリー・ジョエルと共に、1990年代、ピアノ・ロックというジャンルを確立した。

「ボブ・ディラン」アメリカのシンガーソングライター。1962年のデビュー以来半世紀以上に亘り多大なる影響を人々に与えている。

ダミアの歌声ひくく流れ来て裏町の辻に雪は降り積む　加藤克巳『エスプリの花』

業余の吟なる詭弁こそ頌むべきをダミアの「暗い日曜」歌人　藤原龍一郎『切断』

絶唱を知らずラクリマ・クリステのかつて宴に賭けし青年　黒瀬珂瀾『黒耀宮』

怒り易きわれにしたしくテレビにてルイ・アームストロング喚(わめ)く　水落博『出発』

古き良き時代画面に現れつ東海林太郎が出てきて唄う　石田比呂志『怨歌集』

CLOSED　そして新宿蠍座の浅川マキの深き淵より　藤原龍一郎『嘆きの花園』

「ダミア」フランスのシャンソン歌手、映画女優。ダミアの生涯の多くは謎に包まれている。

「東海林太郎」戦前から戦後にかけて活躍した流行歌手。ロイド眼鏡をかけて直立不動の姿勢で歌う特徴があった。

吉野家におやぢ一人は見苦しと中島みゆきが昔歌ひき　牛尾　誠三『バスを待つ』

ご機嫌な弟のハミング、スピッツから美空ひばりになりゆくあわれ　花山　周子『風とマルス』

追悼にさばさばとして朗らなる女性と言へり森田童子を　小笠原和幸『黄昏ビール』

＊

言うなればハリーポッターの世界にて規則とジョークに戸惑えりとぞ　関根　和美『呂宋（ルソン）へ』

トーストにたちまちとけるマーガリンひらがなで言うさようなら、ドラえもん　加藤　治郎『海辺のローラーコースター』

サザエさんの微笑む通りを過ぎてゆく父の住む部屋陽に浮かびおり　飯沼　鮎子『土のいろ草のいろ』

「森田童子」シンガーソングライター。1975年『さようなら　ぼくの　ともだち』でデビュー。

バカボンのパパの風格身につかずバカボンのパパの歳を超えても　石川　幸雄『百年猶予』

力石や星飛雄馬がいた青春を言いだし二次会また盛り上がる　久々湊盈子『麻裳よし』

「真っ白な灰」よ、喧嘩屋・矢吹ジョー　俺に燃え尽きたこと一度でもあるか　福島　泰樹『百四十字、老いらくの歌』

花の下に花散りながらあかねさすアン・シャーリィは永久のまれびと　川野　芽生『Lilith』

スポーツ

スパンジェンバーグといふ名うつくしく外角球を左に運ぶ　大辻　隆弘『樟の窓』

「力石」（力石徹）漫画『あしたのジョー』の登場人物。主人公矢吹丈との対戦後、無理な減量が祟り死去。「星飛雄馬」漫画『巨人の星』の主人公。星雲高校から巨人軍に入団し、大リーグボールを駆使して活躍する。

「アン・シャーリィ」瀬口たかひろの漫画『オヤマ！菊之助』第131話に登場する妄想癖のあるイギリス人の少女。

「スパンジェンバーグ」2019年に埼玉西武ライオンズに入団した元メジャーリーガー。

九回裏〈代打フクウラ〉すこし泣くもう見られないかもしれなくて
大松　達知『ぶどうのことば』

これやこの佐々木朗希のサイン球　球団イベント中止のお詫び
水門　房子『ホロヘハトニイ』

「じゃないほうの大谷」なんて言われてる大谷智久　ロッテの大谷
水門　房子『ホロヘハトニイ』

野茂がもし世界のＮＯＭＯになろうとも君や私の手柄ではない
枡野　浩一『枡野浩一全短歌集』

サブマリン山田久志のあふぎみる球のゆくへも大阪の空
吉岡　生夫『勇怯篇 草食獣・その III』

さすらひの渡り鳥にてマウンドに歩む江夏のその太鼓腹
吉岡　生夫『勇怯篇 草食獣・その III』

「フクウラ」（福浦和也）プロ野球選手。現役時代は千葉ロッテマリーンズに26年間所属。球団史上３人目の２０００安打達成者。

「山田久志」プロ野球投手。アンダースロー投手として日本プロ野球最多となる通算２８４勝を記録し、阪急ブレーブスの黄金時代を築き上げた。

ディマジオのくれないの薔薇冬の雨にぬれて駆けだす配達員は
五賀　祐子『仙崖集』

＊

力道山甦りたり　届きたるジャガ芋その名はデストロイヤー
平山　公一『潮音』

ガッツ石松かつてボクサーたりし頃われも生き生き生きおりたりし
浜田　康敬『旅人われは』

タイソンの出獄の日は春の雪羨(とも)しくも黒き轍(わだち)のひかり
前川佐重郎『彗星紀』

双葉山が安藝ノ海に破れしかの宵のラジオ放送なほ耳にあり
来嶋　靖生『水』

成瀬川土左衛門江戸の相撲とり朝顔長屋(あさがほながや)に負けてかへりき
小池　光『時のめぐりに』

「ディマジオ」（ジョー・ディマジオ）1940年代にヤンキースで活躍したメジャーリーガー。56試合連続安打のMLB記録保持者。マリリン・モンローの元夫。

不知火といえば美男の吉葉山全勝優勝たしか雪の日　田島　邦彦『暗夜祭天』

奉納の相撲にあれば白鵬は張り差しをせずゆつたりと勝つ　中根　誠『秋のモテット』

顔がいい名前またいい往年の大鵬幸喜が塩まくところ　吉岡　生夫『草食獣 第八篇』

稀勢の里横綱となりし碑の建ちて雪は手型のくぼみにのこる　米川千嘉子『雪岱が描いた夜』

＊

色紙にはいつも「忍耐」と記したる円谷幸吉の墓を見つけぬ　吉田　惠子『常盤線特急ひたち』

「吉葉山」（吉葉山潤之輔）第43代横綱。1954年1月場所、15戦全勝で初の幕内最高優勝を果たす。大雪が降る中で行われた優勝パレードは「雪の全勝行進」と呼ばれる。

「円谷幸吉」1964年東京オリンピックのマラソンで銅メダルを獲得。その3年後に自殺。享年27。「父上様 母上様 三日とろろ美味しゅうございました」で始まる遺書は広く知られている。

自然

空のかなた

ペテルギウス赤くありたりわれらの恋のしるしとみえて美しかりき

山中智恵子
『星肆』

ナナハンのヘッドライトが近づけば地球の皮もわずか明るむ

井辻　朱美
『吟遊詩人』

残照をただにさびしと見る者に金星（ヴィーナス）は言葉告ぐるがに耀る

大塚　寅彦
『ガウディの月』

「イトカワ」はみつかりたくはなかつたとまほろしのごと勾玉なれば

黒沢　忍
『空洞ノ空』

許されし自由と来たり臥すソファー木犀を透き火星が澄めり

相良　宏
『相良宏歌集』

「イトカワ」日本の小惑星探査機「はやぶさ」が表面の岩石を持ち帰った小惑星。勾玉に似た形をしている。

ペルセウス流星群にのってくるあれは八月の精霊（しょうりょう）たちです

杉﨑　恒夫　『パン屋のパンセ』

足先に水泡となりて盈ち寄する地球を覆ふこの辛き水

内藤　明　『壺中の空』

出しぬけにしし座流星群ざわめきて黒き火影のうずくまる墓

五百木唯安　「現代短歌シンポジウム作品集」

北国の山河

恐山　賽の河原の不気味なり翅の傷みし黒アゲハ舞ふ

伝田　幸子　『冬薔薇』

国原の青田の光さわやかに朝あけわたりて蔵王山（ざおうさん）見ゆ

古泉　千樫　『青牛集』

「ペルセウス流星群」毎年８月に見られ、毎時五十個も出る明るい流星群。

「恐山」青森県下北半島にある火山。恐山菩提寺は日本三大霊場のひとつ。

「蔵王山」宮城県と山形県にまたがる火山群。樹氷で有名。

陸奥をふたわけざまに聳えたまふ蔵王の山の
雲の中に立つ

斎藤　茂吉
『白桃』

あかあかとわが行く歩道とほりたりゆく手の
蔵王に雲ひとつなし

結城哀草果
『樹蔭山房』

こどもようしろをみるなおそろしき雪の吹
溜蔵王は冷えている

葛原　妙子
『葛原妙子歌集』

鳥海山五合目に来て沖合の島のむかうの海光
を見つ

山中　律雄
『淡黄』

白神の山の奥なる橅の樹の若葉の香りを思ふ
たまゆら

今野　寿美
「歌壇」

蒼み空御笠となすや獨り立ち天そそり立つ磐
梯の山

窪田　空穂
『槻の木』

「鳥海山」秋田県と山形県にまたがる火山。出羽富士、庄内富士とも呼ばれる。

「白神」白神山地。青森県から秋田県にかけての山地。ブナの原生林があり世界自然遺産に登録。

「磐梯」磐梯山、福島県北部の火山。

表磐梯裏磐梯とわが山は双つの好かるる表情を有つ
本田 一弘 『磐梯』

阿武隈は平らかにゆき低丘にちちははの死はつねにあたらし
紺野 裕子 『窓は閉めたままで』

ふくしまに花見山ありグーをしてバッと開いたような春きて
富田 睦子 『風と雲雀』

荒れし野に繋がりながらひとしきり叫ぶごとしも磐城平は
高木 佳子 『玄牝（げんぴん）』

＊

幌内川のほとりに生（あ）れてかへるなく川の流れをまぼろしに聴く
林田 恒浩 「星雲」

夜眠らうとする私の旅愁のなか——奥入瀬が青くながれはじめる
前田 夕暮 『水源地帯』

「阿武隈」阿武隈山地。福島県から茨城県にかけて太平洋岸を走る山地。

「幌内川」樺太、北海道、東北地方にある川の名前。各地に同じ名前の川がある。

「奥入瀬」奥入瀬川。十和田湖に発し青森県東部を流れ太平洋に注ぐ川。

やはらかに柳あをめる／北上の岸辺目に見ゆ／泣けとごとくに
石川　啄木
『一握の砂』

やわらかに柳あおめる頃を来て北上川に見え(まみ)て泣かゆ
大下　一真
『漆桶(しっつう)』

最上川逆白波(さかしらなみ)のたつまでにふぶくゆふべとなりにけるかも
斎藤　茂吉
『白き山』

師の裡(うち)をひそかにあばき見しごとき思ひこそすれ冬の魚野川
杜澤光一郎
『青の時代』

阿武隈川に捕えし鰻のあぶられて透きとおりつつあぶら垂れ冴ゆ
香川　進
『甲虫村落』

「人命に影響のない」汚染にて阿武隈川の水を日々飲む
齋藤　芳生
『桃花水を待つ』

「北上」北上川。

「魚野川」新潟県中央部を流れ信濃川に合流する川。

「阿武隈川」福島県から北流し仙台湾にそそぐ川。北上川に次いで東北第二の大河。

阿武隈川流れのかわる山裾の水境（みずさかい）なり旅終わる日の
日野 きく
『勿忘草』

みちのくの体ぶつとく貫いてあをき脈打つ阿武隈川は
本田 一弘
『磐梯』

夏井川しろく濁りて流れをり父なきときを母と生きをり
高木 佳子
『玄牝（げんぴん）』

関東の山河

中学の補助教員としてわれは行道山（ぎょうどうさん）聳ゆる地に赴任せり
谺 佳久
『夢幻歌伝』

青葉立つ榛名の山の山陰に吾が故里（ふるさと）をへだてて住まむ
土屋 文明
『山下水』

「夏井川」福島県南部を流れ太平洋に注ぐ川。

「行道山」足利市北西部にあり、石尊山、剣ヶ峰（大岩山）などを擁する山塊をいう。

「榛名」群馬県の榛名山。赤城、妙義と共に上毛三山の一つ。

子持山若かへるでのもみつまで寝もと我は思ふ汝はあどか思ふ

よみ人しらず　『万葉集』巻14

子持山若葉のときに我は來て草をぞあつむ手に餘るまで

土屋　文明　子持山方面・歌碑

子持山小野子榛名と連なりて間近くみゆる病院の窓

大橋　静子　「こかげ」

朝夕に見つつしをりし戸倉山若き日息を共に乱しき

新井　章　『じゆうにん』

けふの鬱はけふ噴きあげよ浅間嶺の稜(かど)を舐めつつうごく白雲

春日真木子　『21世紀現代短歌選集』

筑波嶺(つくばね)の峰より落つる男女川(みなのがは)恋(こひ)ぞつもりて淵(ふち)となりぬる

陽成院　『後撰和歌集』恋

「子持山」群馬県の小野子山と並ぶ火山。「かへるで」かえでの古称。

「戸倉山」長野県伊那山地にある別名伊奈富士。

「浅間嶺」浅間山、長野県と群馬県の境にある火山。

「筑波嶺」茨城県中央部、関東平野にそびえる筑波山。男体山、女体山の二峰に分かれ、古来富士山と共に信仰の対象の山。

十三階通路より見る筑波嶺のちひさけれどもなつかしき青
久我田鶴子『ものがたりせよ』

降る雨に去年今年くまなく洗はれてあをく息する双峰つくば
田中あさひ『まひまひつぶり』

飛鳥山その紫陽花に立ち添うに継ぐべきことばはるか殺めき
藤田 武「雁」

傾斜して冬へなだるる多摩丘陵古き亜細亜の菫草咲く
青井 史『青井史歌集』

蒼々と胸を拡ぐる大山は富士を隠して雪の縁見しむ
さいかち真『浅黄恋ふ』

びんびんと朝日にそまる丹沢の峰よりきたり一心に川
砂田 暁子『遠霞』

「飛鳥山」東京都北区にある台地。江戸時代以来桜の名所。

「多摩丘陵」東京から神奈川にかけて広がる丘陵。戦後住宅地化が著しく進んだ地域。

「大山」神奈川県伊勢原市にあり、別名「阿夫利山」。江戸時代大山詣りでにぎわった。

「丹沢の峰」神奈川県北西部、丹沢山地の中心部にある山。

高麗山（こまやま）をはるかに仰ぐ道しるべふるさとさして鳥わたりゆく　大久保春乃『まばたきのあわい』

＊

かりそめのもののごとくに思川（おもひがは）岸辺のくさに触（ふ）るるときあり　小池　光『時のめぐりに』

鬼怒川のもとの名絹川しらしらと春はうすぎぬひかりてながる　日高　堯子『水衣集』

風を従へ坂東太郎に真向へば塩のごとくに降りくる雪か　石川　一成『麦門冬』

利根川の水面（みなも）を跳ねて鯔（ぼら）の子は一瞬見たり花散る岸を　三井　修『海抱石』

恋瀬川　いかなる恋の遣瀬なれ　わがふるさとの蛍とぶ川　角宮　悦子『白萩太夫』

「高麗山」神奈川県平塚市と大磯町にまたがる山。

「思川」栃木県南部小山市の中心を流れ、渡良瀬川に合流する川。

「鬼怒川」栃木県北部から茨城県に流れ利根川に注ぐ川。

「坂東太郎」坂東にある第一の大河、利根川の異名。

「恋瀬川」茨城県を流れ霞ヶ浦に注ぐ川。

草笛の音色は杳き日の風を運びて高麗川しづかに流る
竹内 由枝
『桃の坂』

多摩川にさらす手作りさらさらに何ぞこの児のここだかなしき
よみ人しらず
『万葉集』巻14

多摩川の石うつくしと吾にみよとつめたき水を子はそそぎをり
坪野 哲久
『新宴』

机には多摩川の石並べおきをりふしとりて愛しみ撫でぬ
大野 誠夫
『行春館雑唱』

多摩川に冬の白栲（しろたへ）しらしらに光りて群れてかもめ立ちたつ
馬場あき子
『阿古父』

すみだ川いく朝露にぬれつらん桜の色に袖やそまると
樋口 一葉
『樋口一葉和歌集』

「高麗川」埼玉県南部を流れ、荒川の支流と合流する。

花火見る大川端の夏の夜の人のどよみのきこゆる二階

金子　薫園
『金子薫園集』

大雨のあとの江戸川どど、どどと流れ重たく木草を運ぶ

久々湊盈子
『麻裳よし』

川面には昴（すばる）の形に鳥が飛ぶ冬至に近き朝の江戸川

椎木　英輔
『らんぱんうん』

神田川に木綿さらせる過ぎゆきを角栄邸の見ゆるまで聞きぬ

島田　修三
『秋隣小曲集』

神田川今日も病葉浮かべゆく古きアパート取り壊されて

松本　紀子
『長い橋』

神田川流れ流れていまはもうカルチェラタンを恋うこともなし

道浦母都子
『無援の抒情』

「大川端」隅田川の下流の一部を称し、江戸時代からの行楽地。

「江戸川」東京都と千葉県の境を流れ東京湾に注ぐ利根川の一分流。

「神田川」東京都の中心部を流れ隅田川に注ぐ川。

渋谷川の音きこえくる居酒屋にひとりきて酌む北の国の酒

宮　柊二
『晩夏』

江戸川区新川の岸に桐咲けり水のひかりの中のむらさき

高野　公彦
『河骨川』

頬白の声のありかを探さんと四十八瀬の瀬一つ渡る

長友　くに
『四十八瀬の岸辺に』

北陸・中部の山河

六地蔵かげ曳きてたつ夕昏れの道のはてなるくらき二上山

成瀬　有
『流されスワン』

立山が後立山に影うつす夕日の時の大きしづかさ

川田　順
『鷲』

「新川」荒川と旧江戸川を結ぶ人工河川。

「四十八瀬川」神奈川県秦野市を流れ、中津川に合流する。

「二上山」富山県高岡市の山。月、紅葉の名所。

「立山」富山県立山連峰の主峰群。

土地人も少なき僥倖　三日いて二日見えたる立山連峰

磯田ひさ子
『ヒヤシンス』

雨はれて虹のかかれる向かうにはうすらに透けて剣岳見ゆ

沢口　芙美
『秋の一日』

時雨雲湧く倶利伽羅の深渓になだれ落ちゆく群鳥(むらどり)のこゑ

木俣　修
『高志』

冬晴れの天(そら)に定まり白銀(しろがね)の越後富士が嶺たまゆらひびく

恩田　英明
『葭莩歌集』

ひた登り登りて立てる槍ヶ岳天に届けとわれは声あぐ

来嶋　靖生
『水』

もう少し若けりや「行くぜ、北アルプス」なあんて云おうか…槍よ穂高よ

松木　鷹志
『老木の酸素』

「剣岳」富山県東部、立山連峰中央部にある山。

「越後富士」新潟県と長野県にまたがる妙高山の別名。

「槍ヶ岳」長野県と岐阜県の境にある山。奥穂高岳に次ぐ飛騨山脈第二の高峰。

奥穂高黄葉(もみじ)の谿(たに)にわれ攀(よ)じんわれのみの夢一ついだきて　窪田章一郎『雪解の土』

死火山とよばれし御嶽噴火して生き返りたるあまたの火山　川田　茂『粒子と地球』

浅間やま一夜(ひとよ)がうちに真白くもなりつくしてはいや大いなり　窪田　空穂『冬木原』

雪被く四阿山(あづまやさん)見て振り返る　窓内に立ち笑みしきみはも　王　紅花『窓を打つ蝶』

戸隠山(とがくし)の奥社参道大杉のトンネルを抜け「天の岩戸」へ　伝田　幸子『冬薔薇』

夏の終わりの空に浮かべるパラソルが甲斐駒ケ岳をうっすら隠す　秋山　律子『河を渡って木立の中へ』

「御嶽」長野県と岐阜県にまたがる火山。古来山岳信仰の山。

「浅間山」長野県と群馬県の境にある火山。

「四阿山」長野県と群馬県にまたがる山、吾妻山とも。古事記で日本武尊が東征から帰るとき「あづまはや」と亡くなった弟橘姫を忍んだことに由来する。

「戸隠山」長野県北部にある、古来山伏の修験道上であった。

「甲斐駒ヶ岳」山梨県と長野県の境にある山。山頂に駒ケ岳神社がある。

東路のさやの中山さやかにも見えぬ雲居に世をや尽くさん

壬生　忠岑
『新古今和歌集』巻10

年たけてまた越ゆべしと思ひきや命なりけりさやの中山

西　行
『新古今和歌集』巻10

＊

神通の川岸とほき夏草を見放けてゐたり涙にじむまで

木俣　修
『歯車』

瀬戸川に沿いて白壁の蔵ひとつ酒造りの蔵よ四斗樽ならぶ

晋樹　隆彦
『浸蝕』

踊り止みて静かなる夜となりにけり町を流るる木曽川の音

島木　赤彦
『柹蔭集』

下るよりほかなき水の摂理ゆえ木曽川は常に美濃に背を向く

小塩　卓哉
『たてがみ』

「さやの中山」佐夜の中山。静岡県にある峠。難所の一つで歌枕で有名。

「神通川」富山県中央から富山湾に注ぐ川。

「瀬戸川」岐阜県飛騨を流れる川。

信濃川堰かれ堰かれて今日いゆくこころのうちを父に知らゆな
田井 安曇『たたかいのししむら』

摘みし草に誰が名負せむ佐久のゆふべ千曲(ちくま)の川の北に流るゝ
窪田 空穂『まひる野』

月の夜網を打ち三峰川を遡る父に従ひき少年吾は
新井 章『寒き朝』

天龍はこの岸よりにせせらぎて濁(にごり)の越ゆる青石のうへ
松村 英一『山の井』

不二が笑っている石が笑っている笛吹川がつぶやいている
山崎 方代『迦葉』

長良川に今朝まで泳ぎいたるという落鮎で飲む秋の夜の酒
佐佐木幸綱「歌壇」

「天龍」天龍川。長野県から静岡県を流れ遠州灘に注ぐ川。

「笛吹川」山梨県北部から甲府盆地を流れる川。

「長良川」岐阜県北部から伊勢湾に注ぐ川。鵜飼で有名。「落鮎」秋になって産卵のために川を下ってくる鮎。

天白川（てんぱく）の夏の河原をナデシコは優しかりにき
遠目近目に

島田　修三
『秋隣小曲集』

見渡せば山もとかすむ水無瀬川 夕べは秋と
なにおもひけむ

後鳥羽院
『新古今和歌集』巻1

近畿の山河

しぶち降る冬の尾張の薄曇り盾のようなる伊
吹嶺を越え

小塩　卓哉
『たてがみ』

伊吹山北に迫りて見えくれば君に捧げむ言葉
定まる

雁部　貞夫
『山雨海風』

筍と若芽のたいたんいただいて比叡山麓雨の
夕暮れ

坪内　稔典
『雲の寄る日』

「天白川」愛知県を流れ三河湾に注ぐ川。

「伊吹嶺」滋賀県と岐阜県の境にある伊吹山地の主峰。

叡山は頑固な山といふ会話『虞美人草（ぐびじんさう）』の冒頭にあり

永井　陽子
『モーツァルトの電話帳』

佐保山にたなびく霞見るごとに妹を思ひ出で泣かぬ日はなし

大伴　家持
『万葉集』巻3

小倉山峰のもみぢ葉心あらば今ひとたびのみゆき待たなむ

貞信公
『拾遺和歌集』巻17

奥嵯峨の小倉山の際（ま）苔（あを）舞台しなふ楓と祇王も舞ひぬ

川田　章人
『現代宇宙論』

人恋ふは悲しきものと平城山（ならやま）にもとほりにつつたえ難（がた）かりき

北見志保子
評伝より

ひさかたの天の香具山この夕（ゆふべ）霞たなびく春立つらしも

柿本人麻呂
『万葉集』巻10

「『虞美人草』」夏目漱石の小説。

「佐保山」奈良と京都の境にある丘陵。古くは奈良山とも言われた。

「小倉山」京都市嵯峨西部にある山。紅葉の名所。

「祇王」平家物語の中の白拍子。尼になって嵯峨に住み仏道修行して極楽往生する。

「平城山」奈良盆地の北部にある丘陵。

「香具山」奈良県橿原市にある、耳成、畝傍と共に大和三山の一つ。

香具山はそこにあらぬか月曜の朝(あした)シーツを
日に干す女

さいかち真
『浅黄恋ふ』

とぐろ巻きねむる三輪山あかあかと曼殊沙華
めざむ空を焦がして

萩岡　良博
『禁野』

み吉野の山の白雪ふみわけて入りにし人のお
とづれもせぬ

壬生　忠岑
『古今和歌集』巻6

吉野山峰の白雪踏み分けて入りにし人の跡ぞ
恋ひしき

静御前
『吾妻鏡』

鈴鹿山憂き世をよそに振り捨てていかになり
ゆくわが身なるらん

西　行
『新古今和歌集』巻17

有馬(ありま)山猪名(ゐな)の笹原風吹けばいでそよ人を忘れ
やはする

大弐三位
『後拾遺和歌集』巻12

「三輪山」奈良県桜井市にある、全山が大神神社のご神体とされる山。

「吉野山」奈良県吉野町にある修験道の霊場で、桜の名所。

「鈴鹿山」三重県鈴鹿峠付近の山の総称。東海道の難所の一つで関所があった。

「有馬山」兵庫県有馬温泉付近の山々の総称。

日和山の下の家々人気配青きシートの風の息
づき

髙橋みずほ
『野にある』

六甲の一山くづすは人工の島つくるためと
〈博士〉いふ　むむつ

大地たかこ
『薔薇の芽いくつ』

貝殻山の貝殻の木が月光に漏れてゐることだ
れにもいふな

永井　陽子
『なよたけ抄』

＊

十津川のダム湖にちぎれ雲残る失意の白き鳥
のかたちで

北神　照美
『ひかる水』

左初瀬川右大和川名をわかち春の水ゆく橋を
わたりぬ

志野　暁子
『つき　みつる』

朝に夕に夢前川（ゆめさきがわ）を渡りつつわれはいづこに行
くを夢見る

西橋　美保
『うはの空』

「日和山」兵庫県北部にある日本海岸の景勝地。

「六甲山」兵庫県神戸市、芦屋市の北に連なる山地。

「貝殻山」岡山県岡山市と玉野市にまたがり、山頂に貝塚がある。

「十津川」奈良県南部吉野山地を流れる川。

「大和川」奈良県北部の上流で「初瀬川」下流で「大和川」と名をかえて大阪湾に注ぐ川。

「夢前川」兵庫県南部を流れ播磨灘に注ぐ川。

淀川は広いな鴨川とは全然ちがうなほとんど琵琶湖じゃないか

橋爪　志保『地上絵』

満月のひかりを浴びてなほ淋し夜の鴨川ひとり渡れば

服部　崇『新しい生活様式』

みかの原わきて流るるいづみ川いつ見きとてか恋しかるらん

藤原　兼輔『新古今和歌集』巻10

君が代は久しかるべし渡会（わたらひ）や五十鈴（いすず）の川の流れ絶えせで

藤原　匡房『新古今和歌集』巻7

かはづ鳴く神奈備川（かむなびかは）に影見へて今か咲くらむ山吹の花

厚見王『万葉集』巻8

「淀川」琵琶湖を水源とし大阪湾に注ぐ川。「鴨川」京都市街東部を流れ、桂川に注ぐ川。高野川との合流点から上流を「賀茂川」下流を「鴨川」と書く。

「いづみ川」京都府を流れる木津川の古名。

「渡会」三重県伊勢市を中心とした地域の旧名。「五十鈴川」伊勢神宮内宮の神域を流れる川。内宮に御手洗場がある。

「神奈備川」神奈備とは神のいる場所をいい、その地を流れる川。明日香川のことか。

中国・四国・九州の山河

讃岐不二も青佐の山も暮るる頃海は烏金(うきん)の色にかがやく

小見山　輝
『神島』

秋の陽は求菩提(くぼて)の峰を光らせて母となれねば父となるなり

黒瀬　珂瀾
『ひかりの針がうたふ』

ふるさとの尾鈴の山のかなしさよ秋もかすみのたなびきて居り

若山　牧水
『山桜みなかみ』

開聞岳見えて南端ほのぐらし長崎鼻に終わる日没

桜井　健司
『平津の坂』

わが胸の燃ゆる思ひにくらぶれば煙はうすし桜島山

平野　国臣
評伝より

「讃岐富士」香川県中部にある飯野山の別称。

「求菩提山」福岡県豊前市にある、古来修験道の場として知られている山。

「尾鈴山」宮崎県中部の山。

「開聞岳」鹿児島県薩摩半島南端の火山。薩摩富士の異名を持つ。「長崎鼻」薩摩半島南東端の岬。開聞岳からの眺望にすぐれ、観光地として有名。

「ようこそ」とわれを迎える如くにもとつぜん煙を噴く桜島

奥村　晃作
『ビビッと動く』

＊

水透ける四万十川にきららなる秋の日ざしの底いに溶ける

佐藤千代子
『あれから』

四万十川の香魚（かうぎよ）を食めば悪童のわれは昔の母を思ふも

外塚　喬
『山鳩』

我に遠き思ひ出なれば大淀川の向かうに咲くらん花たちばなは

小紋　潤
『蜜の大地』

日向なる逢初川（あひそめがは）に君来たり恋の荊冠よろこびかむれ

伊藤　一彦
『青の風土記』

「四万十川」高知県西部を流れ土佐湾に注ぐ川。

「香魚」鮎の異名。

「大淀川」宮崎県南部を流れ日向灘に注ぐ川。

富士山

田子の浦ゆうち出でて見ればま白にぞ富士の高嶺に雪は降りける
山部 赤人
『万葉集』巻3

時知らぬ山は富士の嶺(ね)いつとてか鹿(か)の子まだらに雪の降るらん
在原 業平
『新古今和歌集』巻17

富士の嶺の煙もなほぞ立ちのぼる上なきものは思ひなりけり
藤原 家隆
『新古今和歌集』巻12

しげき野の末もひとつの緑より空をわけたる不二の白雪
太田 道灌
『京進六十三首』

遠富士と月とが同じ白さにて霞めり麦の熟れ続く果て
石川不二子
『円形花壇』

「田子の浦」静岡県東部、駿河湾の富士川河口付近の海浜。古来富士山を望む景勝地。「ゆ」～から、～を通って。

上福岡駅前から続く大通り雪の富士山へむかひはしりぬ

大山　敏夫
『醜の夏草』

「死ね」と言う女のうしろ富士は見ゆ心安らぐここはサティアン

奥田　亡羊
『花』

富士の嶺（ね）に黒き穴ある現実を見せてあっさり日本を離る

河路　由佳
『魔法学校』

不二（ふじ）の山れいろうとしてひさかたの天（てん）の一方におはしけるかも

北原　白秋
『雲母（きらら）集』

うつくしき雲はかかりて負ひがたき富士の秘密をまもりゐるらし

黒沢　忍
『空洞ノ空』

幾重にも富士の河原を渡りおりゆけば汝が死に出逢う晩夏の

佐藤よしみ
『風のうた』

「サティアン」山梨県旧上九一色村にあったオウム真理教の施設。オウム真理教は1984年開設された宗教団体。1995年教祖麻原彰晃が第6サティアンで逮捕されるまで、弁護士一家殺人事件や地下鉄殺人事件などを起こした。

木花之佐久夜毘売なる冠雪の不二しろく見ゆ窓をあければ

中村　幸一『あふれるひかり』

黒富士が右辺にうかび交渉の秋西行の心決れる

針谷　哲純『抒情青橋』

お天気の日は富士山がみえますとなんどもなんどもきいたそらみみ

穂村　弘『水中翼船炎上中』

自然のいかめしい意思！原始暴力をひそめてゐる富士にうたれる

前田　夕暮『水源地帯』

足たゝば不尽の高嶺のいたゞきをいかづちなして蹈みならさましを

正岡　子規『竹の里歌』

富士山が噴火せぬことを前提に日本の全てのプランは動く

松木　秀『色の濃い川』

「木花之佐久夜毘売」記紀神話の女神。「木花開耶姫」とも。富士山の神として浅間神社に祭られる。

富士黒く暮るる一角まだあかし冬の終はりの車内を歩む　御供　平佶　『冬の稲妻』

右に富士、左に富士と眺めつつおまへは好きで嫌ひでもない　武藤　雅治　『鶫』

湖沼・滝・樹木

高原に風わたるときくれなゐの蜻蛉ちりゆく摩周湖の上　江島彦四郎　『風標』

手付かずの自然を見たりはつなつのサロベツ原野に風すり抜ける　伝田　幸子　『冬薔薇』

シラルトロ湖に注ぐ流れはゆるやかに影を落して尾白鷲飛ぶ　佐藤恵美子　『島梟の森』

「サロベツ原野」北海道北端、宗谷丘陵の日本海側に位置する低湿地帯。

「シラルトロ湖」北海道東部、標茶(しべちゃ)町にある湖。冬季特別天然記念物のタンチョウヅルなどが飛来する。

十和田湖に泛びてわれの言葉なし晶子きたりて百首うた詠め
高村光太郎 評伝より

あざやかな晴天の虹鱒！十和田は晴れやかに吾等によびかける
前田　夕暮 『水源地帯』

八郎潟（はちろうがた）に沿（そ）ひてさびしき街道（かいだう）を今夜（こよひ）思ひて涙わくなり
柴生田　稔 『麦の庭』

夏油湖（げとう）に影を落として離水する白き一羽は足環を嵌めて
大西久美子 『イーハトーブの数式』

上野より発つとき心を先立てて風のある日の千波湖（せんばこ）思う
中川佐和子 『夏の天球儀』

飛沫まで黒き緑となりはてし諏訪湖の風に面さらし居る
大島　史洋 『炎樹』

「十和田湖」青森県と秋田県にまたがる山中にあるカルデラ湖。

「八郎潟」秋田県西部、男鹿半島の根元にある湖で、琵琶湖に次ぐ大きな湖だったが約八割が干拓された。

「夏油湖」岩手県北上市にある湖。

「千波湖」茨城県水戸市の淡水湖。偕楽園の借景となる。

「諏訪湖」長野県中部にある湖。

木崎湖の落差に過去を沈ましめみづみづとしてわれの零年

春日井　建
『未青年』

浜名湖に汽車かかれりと思へども水の湛へを見む心なし

杉浦　翠子
『みどりの眉』

近江の海夕波千鳥汝が鳴けば心もしのに古思(いにしへ)ほゆ

柿本人麻呂
『万葉集』巻3

しらなみをふたすぢみすぢ岸に立てあふみのうみはガラスの海や

永井　陽子
『モーツァルトの電話帳』

少しばかり早く起きたら鮮明な琵琶湖が見える近江わがもの

小塩　卓哉
『たてがみ』

＊

真っ白に光りかがやく袋田(ふくろだ)の滝を背にして二人若かりき

武藤ゆかり
『北ときどき晴れ』

「木崎湖」長野県北西部にある湖。

七滝（ななだる）の三つ目滝の蛇滝（へびだる）に妙齢のひとの立つ夕まぐれ
晋樹 隆彦『浸蝕』

おお歓喜 天地響動（とよ）もす「千人の交響曲」ぞ那智の大瀧
春日いづみ『八月の耳』

紀伊に入らば岩裂きくだす那智の滝に目を閉ぢながら世をおもひ来よ
与謝野鉄幹『紫』

＊

井川ダム細くも深く幸不幸二つに分かつ企みに似つ
大津 仁昭『天使の課題』

ふるさとのさいかち沼のザリガニの髭もたらりと老いづくものか
村野 幸紀『変奏曲』

伊邪那岐と伊邪那美むつみいたころの葦のさやぎの止まぬ手賀沼
遠藤 由季『北緯43度』

「七滝」静岡県伊豆の名所で、七つの滝を「河津七滝」と呼び、その三番目の滝が「蛇滝」。

「さいかち沼」仙台市西部にある沼。

菅生沼の泥鰌となりて白鳥に追わるるへんな夢を見たりき

角宮　悦子
『白萩太夫』

＊

想ふのみに逢ふを怖るる一つにて闇にしだるる三春滝桜

桑原　正紀
『花西行』

「時間って何」と聞かれてうろたえる夜に直ぐ立つ縄文杉に

田島　邦彦
『人間漂流』

海浜

大汐はゆたにさし来て芝はまや渚の杭の波にかくるる

太田　水穂
『太田水穂歌集』

九十九里の浜の遠鳴り日の光り青葉の村を一人来にけり

伊藤左千夫
『左千夫歌集』

「菅生沼」茨城県にある沼。白鳥など野鳥が多く飛来する。

「三春滝桜」福島県三春町にある樹齢一〇〇〇年（推定）の天然記念物のしだれ桜。

「縄文杉」鹿児島県屋久島にある樹齢二〇〇〇年以上（推定）の特別天然記念物の屋久杉。

「芝はま」芝浜。港区芝浦の古称。

「九十九里浜」千葉県の太平洋に面する砂浜海岸。長さ六十キロ。

九十九里浜の波音昼は聞こえねど街暮れゆけば自づと聞こゆ
久保田　登『手形足形』

雨ながら九十九里浜によする波とりとめもなき音を寂しむ
佐藤佐太郎「歩道」

とんび浮く稲村ヶ崎船酔いのように未来が体を離れず
染野　太朗『あの日の海』

由比が浜の無人の駅のわかれには　居残り柿が一つ灯るよ
穂曽谷秀雄『穂曽谷秀雄昭和新短歌』

＊

ひしめきてこんぐらかりて寒潮の駿河湾をぞ流れゆくとふ
島田　修三『晴朗悲歌集』

博多湾めぐる長距離ランナーの脚のかたちが草刈鎌に似る
沖　ななも『衣装哲学』

「稲村ケ崎」神奈川県鎌倉市にある懸崖。

「由比が浜」神奈川県鎌倉市の海岸の古称。

かたはらに大村湾は凪ぎゐたりいきどほろしき沈黙もある

小紋　潤
『蜜の大地』

＊

犬吠埼へ行ってみようか君ヶ浜を散歩しようか菜の花咲けば

晋樹　隆彦
『浸蝕』

地の声を聴きわけおやじを探し出し犬吠埼へきっと連れ帰る

田村　広志
『捜してます』

波勝崎(はがちざき)に潮ひるころは切岸のいよいよ深き襞をつくらむ

野地　安伯
「十月」

薄日さす室戸岬の突端できみが落ちて来るのを待っていたよ

五百木唯安
「シーガル」

能登半島小春日和にバスで行く時折目覚めて海をながめる

竹村　公作
『制御不能となりてゆきおり』

＊

漂泊を利尻の海は拒絶して荒々しくも果てなく碧し

平石 眞理
『ふわりと落下』

塩釜の浦の松村霞むなり八十島かけて春やたつらむ

源 実朝
『金槐和歌集』

天(あま)つ日の照らす韃靼(だつだん)のうしほ波ただくろぐろと光にそまらず

吉植 庄亮
『煙霞集』

新しき神話生れくるはずもなき相模の海に拳を握る

内藤 明
『壺中の空』

伊豆の海島さへ見えずしろがねに燃えをりくらき青葉あふれぬ

石川 恭子
『野の薫り』

真青なる明石門波(となみ)の海鳴りへふかぶかと差す大橋の影

奥田 亡羊
『花』

「塩釜」宮城県松島湾に臨む土地。古来歌枕として詠まれた。

「韃靼」韃靼海峡。樺太とロシアの間の海峡で、現在の間宮海峡の古称。

「相模」現在の神奈川県一帯の古称。

「明石」明石海峡。古来海上交通の要所で、潮流が激しい。「門波」海峡に立つ波。

伊勢の海の磯もとどろに寄する波恐き人に恋ひ渡るかも
笠女郎
『万葉集』巻3

由良の門を渡る舟人梶を絶えゆくへもしらぬ恋の道かな
曽祢　好忠
『新古今和歌集』巻11

われこそは新島守よ隠岐の海の荒き波風心して吹け
後鳥羽院
『増鏡』

二十年の長き時間をたゆたひてたゆたひやまず辺野古の海は
佐藤モニカ
『白亜紀の風』

日本海の雪の刃は波に呑まれ海となりつつまた雪を呑む
雅　風子
『砂時計』

日本海　わが万悔に溺れゆく眼にうつりいてしたたか青し
佐佐木幸綱
『群黎』

「伊勢」三重県、伊勢神宮の所在地。「恐き人」恐れ多い人。

「由良の門」由良の港の出入り口。上の句は下の句の序詞。

甘エビのあわあわ青き卵すするわがまなうら
に冬の日本海

五十嵐順子
『奇跡の木』

〈花束〉は太平洋をただよへり一つ一つの〈花〉
に分かれて

高野　公彦
『流木』

＊

海鳥の声ろうろうとひびきくる天売（てうり）の島の空
の高みを

髙村　正広
『雲よきけ』

江ノ島のあなたの膝にねこが乗る　撮ろうと
したら逃げちゃったねこ

阿波野巧也
『ビギナーズラック』

江の島へ渡れる長き橋の下春潮は左右（さう）より満
ちて相打つ

結城千賀子
『雨を聴く』

粟島と佐渡のあわいになだれたる天ノ河とう
春の星おぼろ

田井　安曇
『春の星』

「天売の島」（天売島）北海道北西部の日本海に浮かぶ離島。

「江ノ島」神奈川県藤沢市にある小島。行楽地として有名。

城ヶ島のさみどりの上(へ)にふる雨の今朝ふる雨のしみらなるかな

北原　白秋
『雲母集』

うず潮が鋼のごとき海に巻くたそがれせまる鳴門海峡

松井　純代
『明日香のそよ風』

女護島(にょごのしま)に俺が渡ればいっせいに白き日傘のばばばと開く

奥田　亡羊
『男歌男』

おのころの淡路の島は夕霞わが佇つポートアイランド灯る

倉地与年子
『素心蘭』

外国の山河

ヒマラヤに足跡を追ひ迫るとき未知の雪男よどこまでも逃げよ

中城ふみ子
『花の原型』

「城ヶ島」神奈川県三浦半島南西端の島。

「女護の島」女性だけが住んでいるという想像上の島。

「おのころ」おのころ島。

モンブランの頂に立ち億年をゆるりと泳ぐ
山々と逢ふ

本多 稜
『蒼の重力』

辛いのと幸とはちょっと違うだけハドソン川
の風に吹かれる

間 ルリ
『それからそれから』

バイカルの湖(みづうみ)に立つ蒼波(あをなみ)のとはに還らじわ
が弟は

窪田章一郎
『六月の海』

イシククル湖の湖底に沈む水差しの幾千年は
月が知るのみ

和田沙都子
『月と水差し』

ふるさとの鳰の海よりなほ浄く水の香放つレ
マンの湖(うみ)は

木俣 修
『昏々明々』

「ハドソン川」アメリカ北西部を流れニューヨークを経て大西洋に注ぐ川。

「バイカル湖」シベリア南部にある湖。水深、透明度は世界一といわれている。

「イシククル湖」キルギスタン北東部にある塩湖。

「レマン湖」スイスとフランスの国境にあるアルプス地方最大の湖。

掲載歌人さくいん

（同じ作者の複数作品が同じページに掲載されている場合はゴシック体とした）

か

き

編者略歴

梓　志乃（あずさ しの）1942年 愛知県生まれ
1965年 現代詩から一行詩を目指し現代語自由律短歌をこころざす。現在「藝術と自由」編集発行人。現代歌人協会、日本文藝家協会、日本ペンクラブ会員。日本短歌総研に参加。歌集『美しい錯覚』(多摩書房)『阿修羅幻想』(短歌公論社)『遠い男たち』(北羊館)『幻影の街に』(ながらみ書房)他。

石川 幸雄（いしかわ ゆきお）1964年 東京都生まれ
詩歌探究社「蓮」代表。2007年短歌同人誌「開放区」に参加、2018年日本短歌総研設立に参画。現在、十月会会員、板橋歌話会役員、野蒜短歌会講師、現代歌人協会会員。歌集『解体心書』（ながらみ書房）『百年猶予』（ミューズコーポレーション）他、評論「田島邦彦研究〈一輪車〉」（ロータス企画室）他。

水門 房子（すいもん ふさこ）1964年 神奈川県生まれ
短歌グループ「環」同人、「現代短歌舟の会」編集委員。現代歌人協会、日本歌人クラブ、千葉県歌人クラブ、千葉歌人グループ「椿」、「十月会」、「金星／VENUS」会員。歌集『いつも恋して』(北冬舎)『ホロヘハトニイ』(ながらみ書房)。

武田 素晴（たけだ もとはる）1952年 福岡県生まれ
「開放区」「えとる」を経て、2020年「余呂伎」短歌会。日本短歌総研会員。歌集『影の存在』『風に向く』（ながらみ書房）共著『この歌集この一首』（ながらみ書房）。

依田 仁美（よだ よしはる）1946年 茨城県生まれ
「現代短歌舟の会」代表、「短歌人」同人、「金星/VENUS」主将。現代歌人協会員、日本短歌総研主幹。歌集『骨一式』(沖積舎)、『乱髪 Rum-Parts』（ながらみ書房）『悪戯翼（わるさのつばさ）』（雁書館）。作品集『正十七角形な長城のわたくし』『あいつの面影』『依田仁美の本』(以上北冬舎)他。

●日本短歌総研は、短歌作品、短歌の歴史、歌人、短歌の可能性など、短歌に関わる一切の事象を自由に考究する「場」として、2017年5月に発足しました。事業展開は、個人毎の自由研究のほか、テーマごとに編成する「研究ユニット」により進めています。
著作：『誰にも聞けない短歌の技法Q&A』『短歌用語辞典 増補新版』『短歌文法入門 改訂新版』『恋の短歌コレクション１０００』以上、飯塚書店。

固有名詞の短歌 コレクション1000

令和5年12月20日　第1刷発行

著　者　日本短歌総研
発行者　飯塚 行男
発行所　株式会社 飯塚書店　http://izbooks.co.jp
〒112-0002 東京都文京区小石川5－16－4
TEL 03-3815-3805　FAX 03-3815-3810

装　幀　安田 清伸
印刷・製本　モリモト印刷株式会社

 ISBN978-4-7522-1051-1　Printed in Japan